Karl Vocelka

DER DOZENT UND DER TOD

Mein großer Dank für Anregungen, Ideen und Hilfe gilt meiner Frau Michaela sowie meinem Lektor Gerhard Loibelsberger.

Karl Vocelka

DER DOZENT UND DER TOD

Ein Universitätskrimi

ueberreuter

Gefördert von der Stadt Wien Kultur

Stadt Wien

Danke, dass Sie sich für unser Buch entschieden haben.
Wir freuen uns, wenn wir Sie auch weiterhin über unsere Neuerscheinungen informieren dürfen, und laden Sie ein unser Newsletter unter **www.ueberreuter.at** zu abonnieren.

MIX
Papier | Fördert gute Waldnutzung
FSC® C083411
www.fsc.org

ISBN 978-3-8000-9011-2

Lektorat: Gerhard Loibelsberger
Titelseite: Collage aus Bildern: Adobe Stock, Shutterstock
Covergestaltung, Umschlag: Saskia Beck, s-stern.com
Fotos Innenklappe: Saskia Beck
Satz: Gabi Schwabe, grafik design
Druck und Bindung: CPI Moravia Books, s.r.o, Pohořelice

www.ueberreuter.at

PROLOG

Heute fühlt sich der Tag wieder besonders grell an. Alles ist vom Sonnenlicht zerfressen, die Augen brennen. Jedes Geräusch schmerzt, das Surren, Pochen und Klirren in meinen Ohren wird immer stärker. Mein Kopf dröhnt, als wäre ein Dutzend Schlagzeuger in ihm, dunkle Fetzen von Erinnerungen und die Gedanken an den Alltag vermengen sich zu einem grauenvollen Gemisch. Im Hintergrund macht sich Hass auf alles und jeden breit, eine ohnmächtige Wut steigt in mir auf.

Wie immer spielt Vater die Hauptrolle in dem Theater, das mir mein Gehirn vorgaukelt. Er erzog mich streng. Wann immer ich etwas sagte, das er nicht hören wollte, oder eine schlechte Schulnote heimbrachte, kam sein Gürtel zum Einsatz, mit dem er mir den Hintern versohlte. Von meiner Mutter konnte ich keine Hilfe erwarten. Aus Angst vor der Unberechenbarkeit ihres Ehemannes war sie innerlich erstarrt.

Mein Vater hat ungehemmt Abscheu und Zorn in mich hineingeprügelt. Ich träume im Wachen davon, Menschen zu ermorden, die gesamte Menschheit auszurotten. Leider Gottes bin ich feige. Ich traue mich nicht, sie zu erstechen oder zu erwürgen. Deshalb bin ich ein Anhänger des Gifts. Ein gutes Gift, ein schneller Tod, bei dem man aus der Entfernung zusehen kann. Das würde meinen Hass besänftigen.

KAPITEL 1

„Mist“, dachte der Dozent, als ihm ein Blick auf die Uhr zeigte, dass er die Arbeit, die ihn gerade so brennend interessierte, abbrechen musste. Es erwartete ihn eine jener lästigen Sitzungen, von denen er sich gerne soweit wie möglich fernhielt. Seufzend schaltete er das Mikrofilmlesegerät ab und stand auf. Viel lieber wäre er über dem *Mecmua-i Menazil*, der Chronik des *Nasuh al-Silahi al-Matraki*, sitzen geblieben. Eine Handschrift auf Mikrofilm, die er gestern aus der Bibliothek Ahmeds III. im Topkapi Sarayi in Istanbul erhalten hatte. Gerade jetzt, nachdem er die Entzifferung der mit orientalischer Höflichkeit ausgeschmückten Einleitung dieser osmanischen Chronik des 16. Jahrhunderts beendet hatte, war es spannend geworden. Er war zum eigentlichen Inhalt vorgestoßen und neugierig, ob die Chronik ihm Informationen über das Hofleben Süleymans des Prächtigen bringen würde. Nochmals schaute er auf den Kalender, aber leider stand da wirklich unter Donnerstag, 22. Mai 1986 „10 Uhr Berufungskommission Nachfolge Holub, Probevorträge“. Grundsätzlich mochte er Sitzungen nicht, aber gerade dieser Fall war ihm besonders unangenehm. Der Dozent überlegte zum hundertsten Mal, ob es nicht besser gewesen wäre, persönliche Befangenheit vorzuschützen, doch nun war es zu spät. Er saß als Mitglied des Mittelbaus – wie das so schön hieß –, also als Vertreter der Assistenten und Dozenten in dieser Berufungskommission, deren Aufgabe es war, für den fast 70-jährigen Professor Holub, Ordinarius für Indologie, einen Nachfolger zu finden.

Solche Berufungskommissionen waren immer langwierig und mit Ungerechtigkeiten gegenüber den Bewerbern verbunden. Diesmal spielten bei ihm auch persönliche Abneigungen mit. Vor Jahren hatte er seinen Kollegen Schimanek öffentlich einen „ewig gestrigen Depp, der beseitigt werden sollte" genannt, was eine langjährige Feindschaft zwischen beiden begründete. Schimanek sollte heute seinen „Probevortrag" – im Insiderjargon „Probesingen" – halten. Die spezifische Situation in den kleinen Fächern, in denen es nur einen Professor gab, machte die Sache nicht leicht. In der 6-3-3-Kommission – sechs Professoren, drei Vertreter des Mittelbaus und drei Studentenvertreter – war kein einziger Indologe. Sie bestand aus zwei Professoren der Orientalistik und je einem der Ägyptologie, Tibetologie, Japanologie und Sinologie sowie drei Assistenten – neben dem Dozenten noch ein Tibetologe und ein Sinologe –, dazu drei Studenten der Indologie. Die waren von den Entscheidungen der Kommission am meisten betroffen, hatten jedoch am wenigsten mitzureden. Professor Holub, der nur eine beratende Stimme bei seiner eigenen Nachfolge hatte, dominierte die Kommission. Für seine Nachfolge hatten sich neun Menschen beworben. Sie wurden in einer der letzten Sitzung einzeln durchbesprochen und man stellte fest, dass nur vier infrage kamen, denn die anderen waren der deutschen Sprache nicht mächtig. Unter den aus sprachlichen Gründen ausgeschiedenen Bewerbern waren recht interessante Leute, die sich auch mit der Gegenwart Indiens beschäftigten. Der Versuch des Dozenten, sie in die engere Wahl zu bringen, scheiterte an dem Argument der mangelnden Deutschkenntnisse. Wie fast immer war er überstimmt worden. Seine fortschrittliche politische Haltung prallte gegen die Phalanx der konservativen Professoren und anderer Mittelbauvertreter. Nur gelegentlich solidarisierte sich jemand mit ihm, häufig war das ein Angehöriger der Studentenkurie. Aber er resignierte nicht, setzte den „langen Marsch durch die Institutionen" fort und konnte gelegentlich etwas Positives erreichen oder zumindest Ärgeres verhindern.

Es blieben also vier Namen übrig, davon zwei aus Wien: der Assistent Holubs Habermann, dann Schimanek, ebenfalls ein Schüler Holubs und derzeit Bibliothekar, sowie zwei auswärtige Bewerber. Der eine hieß Weesmann und kam aus Marburg an der Lahn, der andere Malcolm. Ein Engländer, der in Paris lebte und ausgezeichnet Deutsch sprach.

Der Dozent dachte an seine eigene wissenschaftliche Laufbahn. Vom Standpunkt des klassischen Karrieremusters betrachtet, war er ein Verlierer, da er nicht zum Ordentlichen Professor aufgestiegen war. Gerade das trug zur Legendenbildung rund um seine Person bei. Alle, die das Gestrüpp aus Intrige und Eitelkeit, die faulige Atmosphäre mit ihren Anpassungsmechanismen kannten, verstanden, warum er nicht erfolgreich war. War er doch ein Unangepasster, stets Rebell, nie Speichellecker. Als Ordinarius unter Ordinarien wäre er ein bunter Vogel gewesen. Schließlich war er der Inbegriff unbürgerlichen Verhaltens. Eine Hoffnung für Unangepasste, Nonkonformisten und Alternative. Er träumte davon, dass die althergebrachten, überholten Werte hinweggefegt würden. Vernichtet für immer, um einer neuen Moral – oder wie es die Konservativen nennen würden, einer neuen Unmoral – Platz zu machen. Kurz eine Umkehrung aller Werte. Werte, die das christliche Abendland, das in seinen Augen ein zutiefst heidnisches war, prägten und das er hasste. Bei der Umsetzung seiner Ideale war er inkonsequent. Doch selbst seine bescheidenen Ansätze eines revolutionären Alltags erschienen der institutionalisierten Mittelmäßigkeit an der Universität Wien als Gefahr.

Er riss sich von seinen egozentrischen Gedankengängen los und verließ seinen Arbeitsplatz. Das Gebäude, in dem sein Institut untergebracht war, war nicht sehr anheimelnd. Das sogenannte Neue Institutsgebäude wurde Anfang der 1960er-Jahre errichtet und galt zunächst als ein Provisorium. Eine der unerklärten Staatsmaximen Österreichs hieß jedoch „provisoria durant". Und so war das Gebäude, das schon im Neuzustand kein architektonisches Meisterwerk gewesen war, mit den Jahren ziemlich heruntergekommen. Sein Zimmer war besonders hässlich. Dass ausgerechnet er diesen Raum bekommen hatte, zeigte, wie wenig ihn der Institutsvorstand schätzte. Normalerweise verließ er sein Zimmer gerne und betrieb seine Studien lieber im Lesesaal der Nationalbibliothek, heute allerdings wäre er lieber in seinem ungeliebten Zimmer geblieben.

KAPITEL 2

Als er im Institut für Indologie, in dessen Hörsaal der Vortrag stattfinden sollte, ankam, waren schon ein großer Teil der Kommissions-Mitglieder sowie Lehrende und Studenten versammelt. Sie standen vor dem Hörsaal in kleinen Gruppen, sprachen miteinander und rauchten. Professor Holub kam auf ihn zu und begrüßte ihn:

„Grüß Gott, Herr Kollege, das ist aber schön, dass Sie gekommen sind, wir werden uns ja in nächster Zeit öfter sehen. Sie wissen ja, bei den Probevorträgen der Kollegen, die von der Kommission in die engere Wahl gezogen wurden."

„Ja, ja, ich habe alles notiert"

Mit Schrecken dachte er daran, wie viel kostbare Zeit ihm dieser Unfug rauben würde. Seine Haltung zum akademischen Betrieb war durch seine von ihm gepflegte Außenseiterposition bestimmt. Schon sein Äußeres unterschied sich deutlich von den anderen Kommissionsmitgliedern, die sich in Anzug und Krawatte, mit kurz geschnittenem Haar auf dem Gang vor dem Hörsaal eingefunden hatten. Der Dozent, immer noch der alte 68er von einst, trug Jeans und ein Hemd mit offenem Kragen. Seine langen, an der Stirn schon etwas gelichteten Haare sowie die runde Nickelbrille standen für seine ungebrochene revolutionäre Haltung. Ihm war die Gesellschaft, die er hier vorfand, nicht sehr angenehm und er fragte sich, mit wem der Anwesenden er wohl auf ein Bier gehen würde.

Den Reigen des Vorsingens eröffnete der jüngste Bewerber, Dozent Schimanek. Morgen kam sein Kollege Habermann, dessen Liebedienerei gegenüber Holub oftmals Grund zur Heiterkeit gab, an die Reihe. Ende der Woche folgten dann

Professor Weesmann aus Marburg an der Lahn, für den Wien das ersehnte Ziel seiner Karriere zu sein schien, sowie Dr. Malcolm. Der war, soviel der Dozent gehört hatte, Sohn einer indischen Mutter und eines englischen Kolonialbeamten. Er arbeitete in Paris in einer internationalen Organisation, hatte sich aber neben dieser Tätigkeit als Indienfachmann einen Namen gemacht. Etwas ungewöhnlich war die Tatsache, dass alle vier Bewerber beim „Vorsingen" anwesend waren. Der Dozent kannte weder Weesmann noch Malcolm persönlich, vermutete aber, dass es sich bei Malcolm um den exotisch aussehenden Mann in der ersten Reihe des Hörsaales handeln musste. Wahrscheinlich war der riesenhafte Blonde daneben sein Mitbewerber Weesmann. Dann wurde es ernst. Professor Stürmer, der Vorsitzende der Kommission, trat ans Pult.

„Meine sehr geehrten Kolleginnen und Kollegen, laut Paragraph 36, Absatz 5 des UOG sind wir hier versammelt, um die Serie der Probevorträge jener vier Kandidaten, die gemäß des Beschlusses der Kommission vom 4. April 1986 in die engere Wahl für die Nachbesetzung des Planpostens eines Ordinarius für Indologie gekommen sind, zu beginnen. Ich möchte Ihnen den heutigen Vortragenden Herrn Dozent Schimanek vorstellen. Der Herr Kollege wurde 1950 in Steyr in Oberösterreich geboren, legte seine Matura im Stiftsgymnasium Kremsmünster mit ausgezeichnetem Erfolg ab und studierte dann in Wien Indologie und allgemeine Sprachwissenschaften. 1976 promovierte er und wurde daraufhin in der Österreichischen Nationalbibliothek als Bibliothekar tätig. Eine Tätigkeit, die Kollege Schimanek" – hier lächelte Stürmer dem Angesprochenen zu – „trotz seiner hohen Qualifikation noch immer ausübt. Zahlreiche Arbeiten über die Veden und eine großartige Wortschatzuntersuchung über das Mahabarata liegen von ihm vor. Heute wird Herr Kollege Schimanek über ‚Das Wortfeld für König und

Herrschaft im *Râjataranginî* des Kalhana aus dem 12. Jahrhundert' sprechen. Darf ich bitten, Herr Kollege?"

Der Dozent ärgerte sich. Diese Konservativen waren doch alle ein Pack, wie bei einer Verschwörung ging es hier zu. Deutlicher konnte Stürmer ja sein Wohlwollen für diesen Kandidaten nicht mehr signalisieren und dann das Thema! Natürlich sprach dieser Ewiggestrige über ein stockkonservatives Thema. Na ja, die anderen Bewerber waren bezüglich ihrer Themenwahl auch nicht besser. Am interessantesten schien ihm noch Malcolms Thema zu sein, das sich mit Volkskultur und Aberglauben in Nordindien und ihren Wurzeln in der klassischen Sanskrit-Literatur befasste. Schimanek war mittlerweile ans Pult getreten und hatte mit Verneigungen begonnen:

„Sehr geehrter Herr Vorsitzender, sehr verehrter Herr Professor Holub, verehrte Kommissionsmitglieder, meine sehr geehrten Damen und Herren! Wie Professor Holub schon 1951 in seiner bahnbrechenden Untersuchung über das *Râjataranginî* des Kalhana ausführte, ist dieser Text der Sanskrit-Literatur nicht nur von inhaltlichen, sondern auch von lexikalischen Fragestellungen her eine zu wenig ausgewertete Quelle. Ich habe es mir daher zur Aufgabe gemacht ..."

Spätestens jetzt schaltete der Dozent innerlich ab. Die Liebedienerei gegenüber Professor Holub, von dem man wusste, oder zumindest mutmaßte, dass Schimanek sein Wunschkandidat war, war peinlich. Er hasste dieses kriecherische Getue. Persönlich pflegte er stets ein locker kameradschaftliches Verhältnis zu seinen Studenten. Mittlerweile hatte Schimanek ausgeführt, mit welchen Methoden er sich dem Thema nähern wollte, und schloss:

„Einen Teil dieser mithilfe elektronischer Datenverarbeitung durchgeführten Wortschatzuntersuchung möchte ich Ihnen heute präsentieren und ich habe dabei als exemplarisches Beispiel die Wortfelder für König und Herrschaft ausgewählt."

Schimanek machte eine bedeutungsvolle Pause, langte zu der vor ihm stehenden Wasserkaraffe, goss sich ein Glas Wasser ein und trank es auf einen Zug aus. Plötzlich riss er den Mund auf und griff sich mit einer geradezu theatralisch anmutenden Geste ans Herz. Gurgelndes Röcheln drang aus seiner Kehle. Dann fiel er von Krämpfen gebeutelt um. Nach einer Schrecksekunde ging ein Aufschrei durch die Menschenmenge. Alle sprangen auf, einige drängten nach vorne, man rief: „Einen Arzt, holt einen Arzt" und „Herr Leitner, Herr Leitner". Lorenz Leitner war der Institutsdiener. Ein gescheiterter Student der Indologie, der unentbehrlich für den Gang der Institutsangelegenheiten war. Leitner drängte sich durch die Umstehenden, beugte sich über den verkrümmt am Boden Liegenden, doch nach wenigen Sekunden, während denen die anderen voller Anspannung rundherum gestanden waren, richtete er sich auf und sagte:

„Er ist tot!"

Betroffen sahen sich alle an, es wurde für Sekunden still im Raum, bis Professor Holub salbungsvoll das Wort erhob:

„Die Aufregung war wohl zu viel für ihn, es muss ihn der Schlag getroffen haben."

Wieder herrschte Stille. Plötzlich kreischte mitten hinein in das betroffene Schweigen die Stimme einer überaus attraktiven Blondine:

„Nein, es war Mord! Mord! Sie haben ihn umgebracht, sie haben ihn vergiftet, sie haben ihn ausgeschaltet."

Der Dozent überlegte. Die Tatsache, dass der Tod sofort nach einem Schluck aus dem Wasserglas erfolgte, machte diese zunächst als hysterischen Ausbruch zu wertende und absurd erscheinende Theorie plausibel. Er, dessen Lieblingslektüre Kriminalromane von Agatha Christie, Chandler, Ambler und Highsmith bis zu Sjöwall/Wahlöö und -ky waren, wusste, wie man in einer solchen Situation handeln musste.

„Herr Leitner, rufen Sie die Polizei und Sie meine Damen und Herren setzen sich bitte wieder auf Ihre alten Plätze, bis die Polizei eintrifft", hörte er sich plötzlich das Kommando übernehmen und war erstaunt, dass alle seinen Anweisungen Folge leisteten. Er war aber auch über sich selbst verwundert, denn eine solche autoritäre Verhaltensweise widersprach den Grundprinzipien seines Lebens.

KAPITEL 3

Was für ein Tag – mein Traum hat sich erfüllt. Es war ein überwältigendes Schauspiel, als Schimanek das Glas nahm und – ohne zu wissen, dass darin der Tod lauerte – einen Schluck Wasser trank. Sein Röcheln und Stöhnen, seine verdrehte Bewegung im Kampf mit dem Tod, ehe sein Leichnam am Boden aufschlug, das begeisterte mich.

Alles war noch großartiger, als ich es mir in meinen Tagträumen vorstellte, der wirkliche Tod übertraf die Vorstellungen bei Weitem.

Ich habe mich zurückgehalten, um mir meine Freude nicht ansehen zu lassen, ich musste versuchten, so betroffen dreinzuschauen wie alle anderen. Es ist mir gelungen, niemand konnte den kleinsten Verdacht schöpfen, dass ich meine Wut, meinen Hass befriedigen und meinen Mordgelüsten frönen konnte.

Nun fühle ich mich leicht, keine dunklen, bedrückenden Gefühle und Zweifel schießen durch mein Gehirn, selbst mein Vater dringt nicht in meine Gedankenwelt ein. Heute ist der Tag meines Durchbruchs, meiner Wonne, ein Tag der Rache, ein Tag des Triumphes, an dem ich einen von denen, die ich verabscheue, beseitigt habe.

Schimanek möge in der tiefsten Hölle der Christen schmoren, gequält von Teufeln mit ihren Spießen, umgeben vom beißenden ewigen Feuer dieses Orts.

Er hat, wie viele andere, dieses Schicksal verdient. Ich bin heute zum ersten Mal seit Langem voll der Befriedigung und der Freude.

KAPITEL 4

Endlos viel Zeit verging, bis die Polizei eintraf. Sie hatte sich davor noch mit dem Rektorat in Verbindung setzen müssen, da die Universität im Rahmen ihrer Autonomie von Polizisten nur mit Erlaubnis des Rektors betreten werden durfte. Währenddessen unterhielten sich die Anwesenden leise über das, was geschehen war. Der Fantasie waren keine Grenzen gesetzt, denn der Dozent hörte jemand sagen:

„Vielleicht ist das eine Folge von der Reaktor-Katastrophe in Tschernobyl vor vier Wochen, vielleicht ist er ein Opfer der Radioaktivität geworden."

Unsinn, dachte der Dozent, am wahrscheinlichsten sind die beiden Lösungen Herzschlag oder Mord. Bisher hatte in Österreich niemand ernsthafte Beschwerden nach der Explosion im sowjetischen Kernkraftwerk geäußert. Wenngleich niemand wusste, wie sich diese radioaktive Wolke, über die man derzeit so viel sprach, langfristig auswirken könnte.

Als das Team der Mordkommission erschien, übernahm ein grantig dreinblickender Mann, der sich als Chefinspektor Lietzmann vorstellte, das Kommando. Er bat alle in den Leseraum des Instituts und schließlich einzeln in das Zimmer des Institutsvorstandes, das er als eine Art Büro okkupiert hatte. Es handelte sich um eine erste Bestandsaufnahme der Situation, da man ja vor der Obduktion nicht wissen konnte, ob ein Verbrechen vorlag oder ob Schimanek die Aufregung dieses großen Tages in seiner wissenschaftlichen Karriere nicht verkraftet hatte. Die Studentin, die den ganzen Zirkus ausgelöst hatte – der Dozent erinnerte sich mittlerweile, dass sie Irene Moser hieß –, schluchzte und heulte von

Krämpfen geschüttelt vor sich hin, sodass sie vom Polizeiarzt eine Spritze erhielt. Der Blick der meisten anwesenden Männer war aber nicht auf die Tränen der Studentin gerichtet, sondern auf einen der allerkürzesten Miniröcke, den sie jemals gesehen hatten. Auch der Dozent ertappte sich dabei, dass ihm dieser attraktive Anblick gefiel.

KAPITEL 5

Der Dozent war einer der Letzten, die an die Reihe kamen. Ein Polizist, der im Lesesaal Aufsicht hielt, hatte jedes Reden miteinander über das, was geschehen war, im Keim erstickt. Als er aufgefordert wurde, zu Lietzmann zu gehen, waren außer ihm nur noch zwei Studenten im Raum, die ebenso wie er dumpf vor sich hin brüteten. Offensichtlich hatten die Polizisten die Anwesenden nach der Kleidung beurteilt und ihn als spät berufenen Hippie-Studenten eingeschätzt. Umso erstaunter war der kahlköpfige Chefinspektor – ein kleiner, wohlbeleibter Mann im grünen Anzug mit blauer Krawatte –, als er aus den anzugebenden Personalien des Dozenten dessen Stellung erfuhr. Eine missbilligend hochgezogene Augenbraue sprach all das aus, was der Chefinspektor nicht verbalisierte: die Abneigung des normalen Beamten gegen diese Universität und die hier in Scharen vorhandenen nichts tuenden Revoluzzer.

„Sie sind also Dozent hier im Institut?"

„Nein", antwortete er und ergänzte bereitwillig, als der Chefinspektor erstaunt von seinem Block aufblickte, „das hier ist das Institut für Indologie, ich hingegen bin Dozent am Institut für Orientalistik, um es genau zu sagen, ich bin Turkologe."

„Aha. Ich nehme an, Sie beschäftigen sich also mit der Türkei?"

„So ungefähr. Genau genommen beschäftige ich mit generativer Grammatik und Lexikografie der Turksprachen und außerdem mit osmanischen Texten, vorwiegend der Frühen Neuzeit, allerdings nicht mit rein philologischem Ansatz, sondern vor allem als Quellen für die osmanische Sozial- und Kulturgeschichte etwa der Zeit Kanuni-i-Süleymans."

Er ertappte sich dabei, dass er sich für den abschätzigen Blick von zuerst zu rächen versuchte. An der Gestik und am Tonfall des Chefinspektors merkte er deutlich, wie die Voreingenommenheit ihm gegenüber stieg.

„Können Sie mir Ihre Funktion hier erklären und kurz schildern, was Sie beobachtet haben?"

„Ich bin Mitglied der Kommission, die über die Nachfolge von Professor Holub entscheidet. Ich nehme an, Sie wissen ja mittlerweile, um was es da geht", sagte der Dozent. Als der Chefinspektor nickte, erzählte er, was er beobachtet hatte: den Vortrag, das Wassertrinken, den Zusammenbruch Schimaneks, das Eingreifen Leitners, den Aufschrei der Studentin, seine eigene Reaktion. Nur die letzte Bemerkung erregte das Erstaunen Lietzmanns. Vermutlich hatte ihm noch niemand erzählt, dass es der Dozent gewesen war, der einen klaren Kopf behielt und alles Weitere veranlasste.

„Sind Sie sicher, dass es sich überhaupt um ein Verbrechen handelt? Ich wäre ohne dieses hysterische Geschrei der Studentin nie auf die Idee gekommen. Ich hätte vermutet, dass Schimanek sich gesundheitlich übernommen hatte."

„Wir wissen noch nichts sicher. Außerdem darf ich Ihnen darüber auch gar keine Auskunft geben, nur so viel: Vom ersten Blick auf die Leiche her scheint dem Arzt eine Vergiftung wahrscheinlich. Wie war eigentlich Ihr Verhältnis zu dem Verstorbenen, Herr Dozent?"

„Nun, ich mache keinen Hehl daraus, dass der Kollege Schimanek aus fachlichen wie auch aus menschlichen und politischen Gründen nicht zu meinen Freunden zählte."

„Mehrere der Zeugen haben übereinstimmend ausgesagt, Sie hätten Herrn Schimanek öffentlich einen ewig gestrigen Idiot, der beseitigt werden sollte, genannt."

„Ich glaube, um korrekt zu sein beim Zitieren, habe ich Depp gesagt, aber das tut nichts zur Sache. Ich weiß nicht, ob meine verehrten Kollegen Ihnen erzählt haben, bei welcher Gelegenheit ich diese Bemerkung gemacht habe, die, wie ich zugeben muss, etwas scharf ausgefallen ist."

„Nein, Herr Dozent, aber ich nehme zu Protokoll, dass Sie eine von Ihnen geäußerte Mordabsicht gegenüber dem Opfer nicht bestreiten."

„Mordabsicht?", murmelte der Dozent verstört und erstarrte innerlich. Allen Ernstes schien er im Verdacht zu stehen. Klar, sein unkonventionelles Aussehen, seine zynisch-saloppe Art und dazu die lieben Kollegen. Er tippte allen voran auf Stürmer, dessen Feindschaft er sich schon als junger Assistent zugezogen hatte, ohne zu wissen, warum. Stürmer hatte bei seiner Habilitation schreckliche Gerüchte ausgestreut und gegen ihn heftig Stellung genommen. Jetzt sah er wahrscheinlich eine Gelegenheit, den ihm verhassten Dozenten, der ein deklarierter Linker war, abzuservieren. Auch wenn der Mord nie aufgeklärt würde, blieb dann doch ein gewisser Verdacht zurück. Doch der Chefinspektor ließ ihm keine Ruhe zum Grübeln, in scharfem Tonfall kam die nächste Frage: „Was haben Sie eigentlich gemacht, als Sie allein im Hörsaal waren? Haben Sie da Gift in die Wasserkaraffe geschüttet?"

Diese primitive Verhörmethode war eine Zumutung. Man sollte diesem fetten Kerl ein paar anständige Krimis schenken, damit er sah, wie elegant Hercule Poirot, wie durchtrieben Miss Marple so was machte. Nicht einmal die schnoddrige Härte eines Philippe Marlowe hatte dieser Mensch! Als er allein im Hörsaal gewesen war? Er versuchte sich zu erinnern: Als er kam, standen alle vorm Hörsaal, die meisten der Anwesenden rauchten. Dann hatte er in den Hörsaal hineingeschaut, ob noch jemand da war, der ihn mehr interessierte als die Menschen davor. Der Saal war aber leer. Als er sich wieder nach draußen wandte, hatte er bemerkt, dass sein Schuhband offen war. Er hatte den Fuß auf einen der Sessel aufgestützt – und den Schnürriemen zugebunden. Das alles hatte keine Minute gedauert. Zeit genug, um in dem kleinen Hörsaal nach vorne zu gehen und etwas Gift ins Wasser zu schütten. Ihm wurde klar, dass er jetzt vorsichtig sein musste. Also sagte er:

„Ich habe nachgedacht. Es war mir völlig entfallen, dass ich allein im Hörsaal war. Ich habe nachgesehen, ob drinnen auch noch jemand sei, da ich eigentlich keine Lust hatte, mich mit einem der vor der Tür Stehenden zu unterhalten. Und dann habe ich noch mein Schuhband zugebunden. Alles in allem war ich nur kurz im Raum. Und jetzt muss ich Sie enttäuschen: Gift hatte ich gerade keines bei mir."

Die ohnehin nicht freundliche Miene des Chefinspektors verdüsterte sich.

„Ich muss Sie bitten, sich von einem der Beamten im Nebenraum durchsuchen zu lassen. Das wäre für den Augenblick alles. Ich hoffe, Sie haben nicht die Absicht Wien zu verlassen. Auf Wiedersehen."

Zwar brachte die Durchsuchung, die überaus gründlich vorgenommen wurde, nichts zutage, was ihn weiter belastete, doch die Tatsache, dass er durchsucht wurde, zeigte, dass man ihn ernsthaft des Mordes verdächtigte. Verwirrt, erstaunt, erheitert und beängstigt zugleich verließ der Dozent das Institut der Indologie. Hatte dieser Chefinspektor nur ihn oder auch andere so behandelt?

Schließlich gab es eine Reihe von Leuten, die weitaus mehr Grund hatten, Schimanek zur Hölle zu wünschen, als er. Er versuchte seine Ängste abzuschütteln, aber ganz gelang es ihm nicht. Irgendwo hatte sich ein ungutes Gefühl eingenistet, das er nicht loswurde. Der Gedanke, unter Mordverdacht zu stehen, beunruhigte ihn.

KAPITEL 6

Als Chefinspektor Lietzmann in seine Wohnung kam, merkte er so wie jeden Abend, dass etwas fehlte. Früher hatte ihn seine Frau empfangen, die Wohnung war perfekt aufgeräumt gewesen, frisch gekochtes Essen auf dem Tisch gestanden. Nach dem Nachtmahl hatte sie ihm immer zugehört, wenn er seine Probleme bei einem Fall mit ihr besprach. Er hatte sie in den letzten Monaten ihrer schweren Krankheit aufopfernd gepflegt. Es war schrecklich, mitanzusehen, wie ihr Zustand von Tag zu Tag schlechter wurde, und er fühlte, dass täglich ein Stück von ihr starb. Der Tod war letztlich eine Erlösung für sie. Und – wie er sich leise eingestand – auch für ihn.

Seit dieser Zeit wurde er zu einem in sich gekehrten, von Trauer erfüllten, oftmals grantigen Zeitgenossen. So hatte ihn heute bei dem Vorfall an der Universität nicht der Tote gestört – Todesfälle waren sein Job –, sondern der Dozent. Der ging ihm tierisch auf den Nerv, denn er verkörperte so ziemlich alles, was er nicht mochte. Ein Intellektueller, der ihn mit dem, was und wie er es sagte, demütigte. Er selbst hatte nicht studiert. Von Turkologie und Indologie verstand er nichts. Das Gefühl, dass der Dozent ihm beweisen wollte, wie blöd die Polizei und speziell sein Gegenüber sei, ließ ihn nicht los. Außerdem wurde er nicht schlau aus dessen Verhalten. Einerseits war da diese zur Schau gestellte Eitelkeit, andererseits das Erscheinungsbild des Mannes. Seine Kleidung und Frisur erinnerten an die Gestalten der Studentenrevolte, mit denen Lietzmann als junger Polizist bei Love-ins und Sit-ins sowie bei Demonstrationen zu tun hatte. Gegen diese Typen empfand er nach wie vor eine tiefe Abneigung. Vielleicht war das auch der Grund, warum er dem Verdacht, den der ältere Professor geäußert hatte, nachgegangen war. Ob er damit richtig lag? Er beschloss jedenfalls, bei aller Abneigung gegen den Verdächtigen vorsichtiger mit der Sache umzugehen. Denn so ganz sicher, dass der Dozent der Hauptverdächtige in diesem Kriminalfall war, war er sich nicht.

KAPITEL 7

Der Dozent ging nicht direkt nach Hause, sondern nahm gedankenversunken den Weg durch verwinkelte Gassen. Sie führten fast genauso schnell zu seinem Domizil, ließen ihm aber Ruhe zum Nachdenken. Er mochte diesen an die Universität angrenzenden achten Bezirk, der sich gerade in einer Übergangsphase befand. Ursprünglich ein „alter Bezirk", wo in den zumeist aus der Gründerzeit stammenden Häusern ältere Menschen seit Jahrzehnten wohnten. Seit einiger Zeit zogen junge Leute zu. Fast jede Immobilie, die durch den Tod eines alten Mieters frei wurde, bewohnten nun Angehörige der Universität oder Studentinnen und Studenten. Die Nähe zur Universität war perfekt und in dem „Grätzel" gab es neben vielen Lokalen auch zahlreiche kleine Geschäfte, die das Leben angenehm machten. Hier kaufte er nun verschiedenerlei ein, denn er erwartete seinen Freund Peter Hassinger zum Abendessen. Als sein Freund kam, war er noch immer etwas aus dem inneren Gleichgewicht. In früheren Zeiten hatte er öfter mit der Polizei zu tun gehabt, vor allem 1968 während der Studentenrevolte. Da er mehr als einmal bei Demonstrationen prügelnde Polizisten erlebt hatte, verspürte er ein unangenehmes Gefühl im Magen, wann immer er mit der Polizei in Kontakt kam. Auch jetzt war er politisch engagiert, gerade in einer Zeit, wo die ruhigen Fahrwasser in Österreich in den letzten Jahren durch eine stürmische Diskussion um die Bundespräsidentenwahl bewegt wurden. Der „parteilose", von der ÖVP unterstützte Kandidat, Kurt Waldheim, stand im Kreuzfeuer der Linken, er sei Mitglied einer Reiterstaffel der SA gewesen, was jener vehement bestritt. Österreichs Bundeskanzler Fred Sinowatz hatte darauf gekontert:

„Ich nehme zur Kenntnis, dass Waldheim nicht bei der SA war – nur sein Pferd."

Peter Hassinger, ebenfalls ein Linker, war ein ehemaliger Student des Dozenten, sein talentiertester und brillantester, wie er meinte. Die analytische Fähigkeit dieses jungen Menschen beeindruckte ihn ebenso wie seine Gründlichkeit und Genauigkeit. Die beiden letzteren Eigenschaften gingen dem Dozenten, der ein einfallsreicher und fantasiebegabter, aber auch sehr oberflächlicher und schlampiger Mensch war, leider weitgehend ab. Doch den heutigen Abend wollten sie dem Genießen widmen. Zu diesem Zweck trafen sie sich gelegentlich in der Wohnung des Dozenten, um dort zu kochen und ausgewählte Weine zu verkosten. Nachdem Peter Hassinger sein Fahrrad an der Dachrinne im Hinterhof des Hauses befestigt hatte und atemlos die Stufen emporgelaufen war, nahmen die beiden in der Küche einen Aperitif, bei dem der Dozent über seine Erlebnisse in den Stunden davor erzählte:

„Du weißt ja, besonders gut bin ich auf die Bullen an sich nicht zu sprechen, aber wie mich dieser Chefinspektor heute behandelt hat, nur weil ich in sein Bild, wie ein Universitätslehrer aussehen soll, nicht hineinpasste, ist schon stark. Vermutlich hätte er gern gesehen, dass ich einen Nadelstreifanzug und Krawatte tragen würde."

„Ich weiß nicht ... Ich glaube nicht, dass er dich im Ernst verdächtigt."

„Aber ja doch! Du weißt ja, damals als ich noch in der Fakultät war, bin ich andauernd mit dem Schimanek zusammengekracht. Zum Eklat kam es, als er vehement gegen diese arme Martina Swoboda auftrat, der man vonseiten der Bürokratie schrecklich mitgespielt hatte. Erinnerst du dich noch?"

„Nein."

„Sie hatte ein Fach nach dem alten und ein Fach nach dem neuen Studienplan abgeschlossen und die verknöcherten

Beamten am Dekanat meinten plötzlich, nachdem sie vorher alles genehmigt hatten, dass zwei Hälften doch noch kein Ganzes machten und die Swoboda nicht sponsiert werden könne. So kam der Fall in die Fakultät und wir versuchten ihr zu helfen. Aber Schimanek legte sich völlig quer. Entweder hat sie ihm einen Korb gegeben oder er hat persönliche Vorurteile gegen sie gehabt. Sie war ein recht ausgeflipptes Ding, ein wenig anarchistisch angehaucht. Jedenfalls versuchte er – glücklicherweise erfolglos –, den Rechtsstandpunkt der Bürokratie, dass die Swoboda, obwohl sie beide Fächer abgeschlossen hatte, nochmal studieren müsse, zu vertreten."

„Jetzt erinnere ich mich an diese Geschichte. Du hast dann nachher am Gang, als noch ziemlich viele Fakultätsmitglieder anwesend waren, deiner Empörung Ausdruck gegeben und diesen oft zitierten Satz vom ewig gestrigen Depp gesagt, stimmt's?"

„Genau so war es. Und nun will dieser komische Chefinspektor mir einen Strick draus drehen. Der verdammte Stürmer hat ihn aufgehetzt."

„Wenn der Chefinspektor halbwegs bei Verstand ist, müsste er merken, dass einige andere am Tod des Schimanek interessierter sein müssten als du. Vor allem der Habermann, aber auch noch Weesmann und Malcolm, wenn nicht gar Holub selbst, der, soviel ich weiß, Habermann als Nachfolger will."

„Woher hast du das? Ich wiederum habe in der Gerüchteküche der Universität gehört, dass Schimanek sein Wunschkandidat ist – beziehungsweise war."

„Ich glaube, Rheinfellner von den Tibetologen hat mir das erzählt. Er hat es, soviel ich weiß, zwar nicht von Holub selbst, aber von dessen Frau, die wiederum eine Schulkollegin der seinen ist. Vielleicht ist Habermann aber auch nur der Wunschkandidat von Frau Holub."

„Willst du damit etwas Bestimmtes andeuten oder machst du nur ganz allgemein blöde Bemerkungen?"

„Es war nur so dahingesagt, obwohl ..."

„Obwohl was?"

„Altersmäßig würden die zwei ja viel besser zusammenpassen. Ich kann mir nicht vorstellen, dass der alte Holub noch besonders potent ist."

„Also bitte! Du wirst ja bald so eindimensional in deinem Denken wie ich. Aber der Gedanke mit Habermann und der Holub ist natürlich naheliegend."

Während des Abendessens sprachen die beiden Freunde hauptsächlich über das Essen, schwelgten in Erinnerungen an gemeinsame kulinarische Erlebnisse und schwärmten von Weinen, die sie auf ihren Reisen entdeckt hatten. Als ersten Gang gab es eine Broccolicremesuppe mit in Knoblauchöl angerösteten Schwarzbrotcroutons. Dann folgten ein geräuchertes Saiblingsfilet und Tomaten, die mit Schlagobers gefüllt waren. Schließlich wurden Hirschfilets à la minute angebraten und mit einer Cognacsauce und rosa Pfeffer verzehrt. Als Beilage gab es eine aus Mais, Bohnen, Zwiebel, Speck und Kürbiskernöl hergestellte, vom Dozenten erfundene Pastete. Bereits am Tag davor hatte dieser die entsprechenden Weine aus seinem reichhaltigen Keller geholt: einen würzigen Sauvignon blanc aus der Steiermark als Aperitif, einen Grünen Veltliner aus dem Weinviertel zum Saiblingsfilet und schließlich einen Rosso Conero aus den Marken zum Wild. Für den Ausklang des Abends stand eine Bouvier Trockenbeerenauslese aus Rust bereit.

KAPITEL 8

Als sie nach dem Essen bei der Trockenbeerenauslese saßen und der Dozent sich eine Havanna anzündete, sprachen sie über aktuelle Ereignisse, wobei ein sich aus dem Süßwein ergebender Ausgangspunkt der Weinskandal des letzten Jahres war. Einige burgenländische Winzer hatten einem gewöhnlichen Wein das Frostschutzmittel Glykol beigemengt und ihn damit zu einem viel teureren Süßwein – Auslese, Ausstich, Eiswein, Beerenauslese oder Trockenbeerenauslese – gefälscht. Nach einer kurzen Fachsimpelei über die kuriosen österreichischen Weingesetze wandten sich die beiden einem anderen Skandal zu, der sie empörte. Es ging um die bevorstehende Entscheidung für das Amt des Bundespräsidenten. Beim ersten Wahlgang vor einigen Wochen erreichten Kurt Waldheim, der von der ÖVP unterstützt wurde, und der Sozialdemokrat Kurt Steyrer die Stichwahl, die im Juni stattfinden sollte. Die Kandidatin der Grünen, Freda Meissner-Blau, und der rechtsgerichtete Otto Scrinzi waren ausgeschieden. Mitten im Wahlkampf hatte die Zeitschrift *profil* in einer Artikelserie aufgedeckt, dass Waldheim Mitglied der SA gewesen und als Angehöriger der Wehrmacht am Balkan mit Kriegsverbrechen in Berührung gekommen war. Der Dozent nahm einen kräftigen Zug von seiner Zigarre und ereiferte sich:

„Ich möchte keinen Bundespräsidenten, der eine solche Vergangenheit hat. Auch wenn er keine Kriegsverbrechen beging, dürfte er davon gewusst haben. Ich mache ihm nicht zum Vorwurf, dass er sich 1938 mit dem NS-Regime arrangierte. Allerdings finde ich seine Erklärung, er sei kein Nationalsozialist gewesen, da er Anhänger des Austrofaschismus war, für einen Menschen, der Bundespräsident werden will, skandalös. Was mich stört, ist, dass er aus der Sache nichts gelernt hat. Nicht ein Wort der Entschuldigung. Nur dieser schreckliche Spruch ‚Ich habe im Krieg nichts anderes getan als meine Pflicht als Soldat erfüllt'. Wenn ich das schon höre, kommt mir das Kotzen."

„Was ich noch schlimmer finde", erwiderte Hassinger, „ist die Tatsache, dass Antisemitismus wieder salonfähig geworden ist. Die Verleumdungskampagne, von der Waldheim spricht, wird ja, wie er selbst sagt, vom Jüdischen Weltkongress getragen. Das finde ich offen antisemitisch. Scheinbar hat die ÖVP nichts Besseres zu tun, als den christlichsozialen Antisemitismus wieder auferstehen zu lassen. Die Plakate für Waldheim ‚Wir Österreicher wählen, wen wir wollen!' und noch mehr der Slogan ‚Jetzt erst recht!' sind eine Schweinerei."

Während sie weiter Trockenbeerenauslese tranken, erwogen sie sogar die Möglichkeit auszuwandern, wenn Waldheim gewählt werden würde. Schließlich kam der Dozent auf den Fall Schimanek zurück:

„Weißt du, Peter, ich stehe unter Mordverdacht. Und in unserer kapitalistischen Welt traue ich der Justiz alles zu, wenn es gegen Linke geht."

„Jetzt übertreib nicht. Wenn der Chefinspektor wirklich ermittelt, muss er merken, welche anderen starken Interessen es in dieser Sache gibt."

„Ich weiß nicht so recht, ich habe den Eindruck, dass dieser Chefinspektor keine Ahnung hat, was sich auf der Uni abspielt."

„Wie meinst du?"

„Na, diese ganze Nachfolgefrage. Das ist doch für einen Außenstehenden gar nicht zu durchschauen, sogar wir Insider müssen jedes Mal wieder im Gesetz nachsehen, wie das genau bei einer solchen Berufungskommission vor sich geht. Das versteht ein Universitätsfremder nicht und auch nicht das Intrigenspiel hinter den Kulissen. Wenn ihm da einer wie Professor Stürmer den Mörder am Tablett serviert ..."

„Geh bitte, so blöd kann nicht einmal die Polizei sein. Die Grundsituation müsste auch einem Außenstehenden klar sein: Da sind ein Job und vier Bewerber. Genau drei zu viel. Irgendwann wird dem Chefinspektor der Gedanke kommen, dass zumindest einer von ihnen mehr Grund hatte als du, den Schimanek umzubringen. Falls er überhaupt ermordet wurde. Vielleicht ist er doch eines natürlichen Todes gestorben."

„Nein, ich vermute schon, dass diese Irene Moser mit ihrem Geschrei recht hatte. Er ist nach dem Schluck Wasser allzu schnell umgefallen, sodass ein Zusammenhang zwischen Wassertrinken und dem Tod Schimaneks naheliegt. Ich weiß allerdings nicht, was ich sagen würde, wenn die Moser nicht losgebrüllt hätte. Jeder von uns hätte gedacht, es sei ihm einfach zu viel geworden, Herzschlag, bumm, aus. Der perfekte Mord, keine Untersuchung, kein Gerede. Aber ich möchte wissen, wieso die Moser zu schreien anfing. In welcher Beziehung stand sie zu Schimanek?"

„Ich werde mich bei den Indologen umhören. Wie du richtig sagst, als Insider haben wir es leichter."

„Und ich werde mich mit den Beteiligten unterhalten. Mit Holub werde ich beginnen, der müsste über alle Kandidaten am besten Bescheid wissen."

„Vielleicht solltest du auch versuchen zu erfahren, was die Polizei herausgebracht hat. Die Todesursache zum Beispiel. Welches Gift? Wer hatte die Möglichkeit, das Gift ins Wasser zu geben? Außer dir natürlich ..."

„Wenn ich mich recht erinnere, ist der Studentenvertreter vom KSV[1], der Wolfgang Swoboda, vorm Hörsaal herumgestanden. Vielleicht hat er mehr gesehen als ich ..."

---

1 Kommunistischer Studentenverband

„Ist der eigentlich mit der Martina Swoboda, wegen der du dich mit Schimanek angelegt hast, verwandt? Das wär' doch auch ein Motiv."

„Ich weiß nicht, Swoboda ist ein sehr häufiger Name in Wien. Aber wenn ich mit ihm rede, kann ich ihn ja beiläufig fragen, ob das seine Schwester ist oder sonst irgendeine nahe Verwandte."

„Gut, dann werde ich versuchen, in den Gerüchtetopf einzutauchen und festzustellen, wer wen hasst und warum. Aber jetzt werde ich dich langsam verlassen, ich muss morgen arbeiten."

KAPITEL 9

Die Absicht des Dozenten, mit verschiedenen der Kommissionsmitglieder in Kontakt zu treten, erwies sich als einfacher, als erwartet. Beim Lift traf er Holub, der ihn umständlich begrüßte und sagte:

„Das war ja gestern eine schreckliche Geschichte, ich bin noch immer ganz verwirrt. Haben Sie ein wenig Zeit für mich? Ich würde gerne mit Ihnen sprechen."

Als sie ins Institut für Indologie kamen, stürzte der Institutsdiener, Lorenz Leitner, auf sie zu:

„Guten Morgen Herr Professor, guten Morgen Herr Dozent! Haben Sie schon gehört? Der Chefinspektor war in aller Früh da. Er hat gesagt, der Dozent Schimanek wurde mit Bariumchlorid vergiftet. Ein Gift, das Atemlähmung verursacht. Er lässt ausrichten, er wird am Nachmittag noch einmal kommen, um alle zu verhören."

„Jetzt wissen wir es also genau", murmelte Holub, nachdem er die Tür seines geräumigen Zimmers geschlossen und den dienstfertig hinter ihm herlaufenden Leitner ausgesperrt hatte.

„Schimanek ist ermordet worden."

„Ich habe das schon vermutet. Schließlich ist er nach dem Schluck Wasser ruckzuck umgefallen."

„Lieber Herr Kollege, es ist mir peinlich, aber Sie wissen schon, dass man sich sofort an die Geschichte erinnerte, als Sie sich so ... hm ... vehement gegen Schimanek geäußert haben. Ich hoffe, dass Ihre ... hm ... bekannt unkonventionellen ... äh ... Ansichten über manche Dinge nicht ..."

„Ich kann Sie beruhigen, aber ich habe Schimanek nicht aus politischen Gründen vergiftet, wenn es das ist, was Sie meinen."

„Nein, nein! Ich hab keinen Augenblick daran gedacht … aber Professor Stürmer hat gestern …"

Holub machte eine Verlegenheitspause, bevor er fortfuhr:

„Was hat Stürmer eigentlich gegen Sie? Ich hab das nie ganz durchschaut."

„Ich kann Ihnen das leider auch nicht erklären, aber seit längerer Zeit stellt er sich bei jeder Gelegenheit gegen mich. Dabei hatte ich mit ihm niemals eine direkte Auseinandersetzung. Und eine konträre Weltanschauung habe ich zu vielen hier. Auch zu Ihnen. Deswegen muss man einen Menschen aber nicht gleich des Mordes verdächtigen."

„Nein, wie gesagt, ich wäre nie auf die Idee gekommen, aber … Jedenfalls ist die ganze Situation furchtbar. Offensichtlich ist einer unserer Kollegen ein Mörder und hat dem armen Schimanek Gift ins Wasser geschüttet."

„So wie es jetzt aussieht, muss es einer aus dem engeren Kreis getan haben. Wie standen eigentlich – Sie können das ja viel besser beurteilen als ich – Schimaneks Chancen, an die erste Stelle der Liste zu kommen?"

„Um ehrlich zu sein, halte ich, oder hielt ich, Schimanek für den besten Mann. Er war ein ausgezeichneter Philologe, beherrschte Sanskrit perfekt und kann – oder vielmehr konnte – auch einige Sprachen des modernen Indien. Er wäre mein Wunschkandidat gewesen."

„Und Habermann? Der war doch so lange ihr Assistent, was halten Sie von ihm?"

„Auch er ist ein tüchtiger Wissenschaftler, aber eben ein Spezialist auf einem Gebiet, das mir sehr viel ferner liegt."

„Wenn ich das recht verstehe, hätten Sie aus fachlichen Gründen Schimanek bevorzugt?"

„Genau. Allerdings muss ich auch sagen, dass ich von der menschlichen Seite her Schimanek für den geeigneteren Mann hielt. Schimanek war, das wissen Sie ja selbst, ein exzellenter Vortragender und auch – wie soll ich sagen – selbstbewusster als Habermann.“

Der Dozent musste Holub recht geben. Schimanek war ein ausgezeichneter Lehrer gewesen.

„Sie meinen Habermann ist zu kriecherisch?“

„Nein, so würde ich das nicht formulieren, aber in letzter Zeit hat Habermann überall um Sympathien geworben. Sogar meine Frau war von ihm beeindruckt und hat versucht, meine Meinung zu seinen Gunsten zu beeinflussen.“

„Erfolgreich?“

„Ich bin – oder vielmehr war, denn jetzt ist ja alles anders – noch immer für Schimanek. Aber jetzt in der geänderten Situation weiß ich nicht. Vermutlich wird ohnehin eine Neuausschreibung erfolgen. Der Tod Schimaneks hat alle Voraussetzungen geändert. Natürlich sind dadurch auch Habermanns Chancen gestiegen.“

„Was halten Sie eigentlich von Habermann als Mensch, trauen Sie ihm einen Mord zu?“

„Um Gottes Willen, nein. Selbstverständlich will Habermann mein Nachfolger werden. Aber, aber ...“

Holub rang offensichtlich um eine Formulierung, die seine Zweifel an der Harmlosigkeit Habermanns verbergen sollte.

„Wie würden Sie Habermanns Charakter beschreiben?“

„Habermann ist tüchtig, strebsam, vielleicht zu strebsam. In letzter Zeit hat er sich geradezu überschlagen vor Freundlichkeit. Meine Frau meint, er sei lieb wie ein Kind, so unbeholfen. Sie behauptet, er sei alles andere als ein Schmeichler, sondern ein loyaler Assistent, der gerne mein Erbe weiter verwalten würde.“

Das Telefon auf Holubs Schreibtisch läutete. Holub meldete sich, sagte „einen Moment bitte“ und verabschiedete sich abrupt vom Dozenten.

KAPITEL 10

Er ärgerte sich, weil Holub ihn abgewimmelt hatte. Mit wem Holub wohl telefonierte? Am Gang kam der zuvor ausgeschlossene Leitner auf ihn zu.

„Was sagen Sie, Herr Dozent, zu dieser Sache gestern? Ein Mord bei uns im Institut, ist das nicht schrecklich?"

„Ja wirklich, eine Tragödie. Dabei war Schimanek doch allgemein beliebt?"

„Er war so ein netter Mensch, immer hat er geduldig zugehört. Alle haben ihn gemocht. Sogar Dozent Habermann, obwohl die beiden ja Konkurrenten waren."

„Sagen Sie, Herr Leitner, wie war denn das so im Institut, wer war eigentlich eher für den Habermann und wer für den Schimanek?"

„Also ich persönlich mag ja beide gern, aber der Herr Dozent Schimanek war – wie gesagt – so ein freundlicher und kluger Mensch. Außerdem hat er sich besonders für Buddhismus interessiert, wie ich auch ..."

„Wen haben eigentlich die Studenten bevorzugt?"

„Bei den Studenten war, wir haben ja nur wenige im Hauptfach, im allgemeinen Habermann beliebter. Schimanek war ein strenger Prüfer, das gefällt vielen nicht. Na ja, früher hätte es das nicht gegeben, aber heute interessieren sich die Studenten für alles Mögliche, nur arbeiten wollen sie nichts. Aber das ist eine Folge vom Fernsehen, schauen Sie sich an, was so im Abendprogramm geboten wird. Gestern zum Beispiel ..."

„Und Habermann ist kein so strenger Prüfer?"

„Nein, nicht so sehr, er ist bei den Studenten sehr beliebt. Aber ohne die Sprachübung bei Schimanek können die Studenten den ersten Studienabschnitt nicht fertig machen. Und der hat ihnen nichts geschenkt. Außerdem hat er immer aufgepasst, dass nicht jeder Hippie Indologie studiert. Sie wissen ja, alle diese Drogensüchtigen und Haschbrüder haben einen Hang zu Indien. Herr Dozent Schimanek war da immer der Meinung, dass man ein bisschen sieben müsse. Auch diesen Swoboda, den Studentenvertreter, hat er bei den Sanskrit II Übungen durchfallen lassen."

„Wer ist dieser Swoboda?", fragte der Dozent, obwohl er diesen gut kannte und sich mit ihm duzte.

„Den kennen Sie nicht, Herr Dozent? In der Vorlesung hat der Swoboda ständig widersprochen und herumgenörgelt an dem, was Schimanek vortrug. Aber dann bei der Prüfung hat ihm der Herr Dozent Schimanek einen ganz schweren Text gegeben. Ich hab nachher mit ihm gesprochen, da hat er gesagt: ‚So, jetzt war der Swoboda ganz schön kleinlaut, nicht so goschert wie in der Vorlesung.'"

„Wie ist denn Professor Holub mit dieser Situation zurechtgekommen? War ja sicherlich nicht leicht für ihn, wenn sich zwei seiner Schüler um die Nachfolge bemühen und man von ihm eine Stellungnahme erwartet."

„Also ich glaube, der Professor Holub hat den Schimanek überhaupt nicht gemocht. Aber er war fair, der Professor Holub. Immer fair, auch ..."

Leitner schien zu erschrecken und legte eine Pause ein.

„Auch was?"

„Na ja, es hat so Gerüchte gegeben, dass ... na ja, sie ist halt sehr jung die Frau Professor und der Schimanek hat immer großen Eindruck auf Frauen gemacht, auch auf Studentinnen. Viele waren in ihn verknallt. Das mit Frau Professor Holub war aber sicher nur eine böse Verleumdung. Vor mehreren Monaten gab es jedoch einen bösen Streit deswegen. Ich bitte Sie, sagen Sie nicht, dass ich Ihnen das erzählt habe ..."

„Aber, Herr Leitner, mir können Sie das doch erzählen, ich tratsche nie herum, auf mich können Sie sich verlassen."

„Wissen Sie, Herr Dozent, ich habe damals gehört, wie sich die beiden im Zimmer vom Chef gestritten haben. So habe ich Professor Holub überhaupt noch nie erlebt. Er hat geschrien, dass er Schimanek fertigmachen werde, wenn er draufkommt, dass er tatsächlich etwas mit seiner Frau habe. Der Herr Dozent Schimanek hat alles abgestritten. Er habe nie mehr als ein gutes Gespräch mit der Frau Professor geführt, das hat er gesagt, ja."

„Wann war denn das, Herr Leitner?"

„Genau weiß ich das nimmer, aber ich glaube, so kurz vor Beginn des Wintersemesters, also so letzten August oder September. Freilich, das war spät am Abend, nach sieben. Ich bin an diesem Tag so lange hiergeblieben, weil ich mir noch einen Vortrag über vegetarische Ernährung und Buddhismus anhören wollte. Wissen Sie, seit einigen Jahren lebe ich vegetarisch und seither fühle ich mich viel wohler. Früher musste ich viel Sport betreiben, aber jetzt, wo ich kein Fleisch mehr esse, muss ich mein überflüssiges Eiweiß nicht mehr abbauen. Ich bin viel ruhiger geworden. Außerdem kann ich mich beim Meditieren besser konzentrieren ..."

Leitner sprach noch eine Weile voll Eifer über die Vorteile der vegetarischen Ernährung, doch der Dozent flüchtete sich in geistige Abwesenheit. Als ein Student ins Institut kam und den Monolog des Instituts-Faktotums unterbrach, nützte er die Gelegenheit und verabschiedete sich hastig. Ganz in Holubs Manier. Was er an diesem Vormittag gehört hatte, gab dem Dozenten zu denken. Für wen war Holub nun wirklich? Für Schimanek, wie er behauptete, oder doch für Habermann, wie manche Gerüchte besagten und wie auch Leitners Aussagen zu bestätigen schienen? War es möglich, dass Holub aus Eifersucht den vermeintlichen Liebhaber seiner Ehefrau getötet hat? Hatte er auf das Vorsingen gewartet, damit der Verdacht auf einen Konkurrenten Schimaneks fiel? Der Mordfall begann interessant zu werden, denn er hatte mehr Facetten als das bloße Konkurrenzverhältnis um eine Stelle als ordentlicher Professor. Das indologische Institut war eines der kleinsten an der Fakultät. Der Spielraum der einzelnen Angestellten war gering, vor allem wenn ein Mann wie Professor Holub das Institut leitete. Er war zwar keiner jener schrecklichen Professoren, die alle im Institut unterdrückten, aber dennoch sehr bestimmend. Nicht zum ersten Mal war der Dozent froh, dass das Institut für Orientalistik, in dem er zu Hause war, anders strukturiert war. Es gab neben Turkologen auch Arabisten und Alt-Orientalisten. Die Tatsache, dass hier mehrere Professoren lehrten und verschiedene Interessen hatten, führte zu einem Ausgleich. In den Nischen der Macht dieser einander – sanft, aber doch – bekämpfenden Professoren konnte man es sich gut einrichten. Glücklich, nicht Indologe zu sein, betrat er sein Institut, das ein durchaus erträgliches Betriebsklima aufwies.

KAPITEL 11

Die Chronik des *Nasuh al-Silahi al-Matraki*, die ihn gestern so fasziniert hatte, stand zwar wieder auf seinem Tagesprogramm, doch mehr als einmal ertappte er sich dabei, wie seine Gedanken abschweiften und bei Schimanek landeten. Außerdem musste er in einer Stunde eine Vorlesung halten, einen Überblick über die Geschichte des Osmanischen Reiches. Er hielt gerne Vorlesung und ging wenig später gut gelaunt in den Hörsaal, der bis auf den letzten Platz gefüllt war. Diese Tätigkeit machte ihm besonderen Spaß, denn es gab viele Studentinnen und Studenten, die seine Lehrveranstaltungen besuchten, auch solche aus anderen Fächern. Natürlich war es keine Großvorlesung wie bei den Historikern, Germanisten oder Anglisten, aber immerhin ... Da ihm eingefallen war, dass es pietätvoll wäre, des verstorbenen Schimanek zu gedenken, sagte er einige Worte zu den gestrigen Vorfällen und bat die Studentinnen und Studenten sich für eine Trauerminute zu erheben. Wenn das der Professor Stürmer miterleben würde! Er, der „linke Mörder", der für sein Opfer eine Gedenkminute abhält. Wieder einmal ertappte er sich bei einer seiner inkonsequenten Verhaltensweisen. Einerseits seine Abneigung gegen den reaktionären Schimanek und andererseits seine kleinbürgerliche Erziehung, die ihn dieses Ritual durchführen ließ. Nach der Vorlesung, die wie immer bei den Studierenden gut angekommen war, da er frei sprach und Pointen einwarf, kehrte er in sein Zimmer zurück. Dort überfielen ihn neuerlich die Gedanken an den Mordfall. Neben dem Kampf um Holubs Nachfolge gab es offensichtlich auch emotionale Spannungen. Frau Holub und die Eifersucht ihres Mannes etwa. Oder Studenten, die sich an dem strengen Prüfer Schimanek rächen wollten. Immer wieder schweiften seine Gedanken von der Chronik, die vor ihm auf dem Schirm des Mikrofilmlesegerätes aufleuchtete, ab. Am späteren Nachmittag klopfte es an der Tür. Chefinspektor Lietzmann trat ein und fragte, ob er eine halbe Stunde Zeit hätte. Sofort spürte der Dozent eine innere Abwehrhaltung. Am liebsten hätte er geantwortet: Der Giftkasten ist rechts vorne, sie finden unter dem gestrigen Datum die Entnahme von zehn Gramm Bariumchlorid oder wie immer das Zeug heißen mochte und im Schrank rechts die Leichen der übrigen Reaktionäre dieser Universität. Nicht mehr als 2.000 Personen insgesamt. Da er aber am Humor des Chefinspektors zweifelte, sagte er nichts und wartete auf dessen Fragen.

„So, Herr Dozent, jetzt kennen wir das Ergebnis der Autopsie. Dozent Schimanek wurde vergiftet, er starb eines unnatürlichen Todes. Ich muss Sie daher noch einmal fragen: Wie war Ihr Verhältnis zu dem Toten?"

„Ich habe Ihnen ja schon erörtert, dass ich Schimanek nicht zuletzt aus politischen Gründen nicht mochte. Aber wenn man alle politisch Andersdenkenden vergiften wollte, käme die Wiener Bestattung nicht nach, die Leichen wegzuräumen. Es ist doch absurd, dass Sie mich verdächtigen. Ich bin derjenige unter den Verdächtigen, der vom Ableben Schimaneks in keinster Weise profitiert. Aufgrund meiner politischen Einstellung habe ich eine Menge Feinde, die alle möglichen Dinge über mich verbreiten. Doch ich versichere Ihnen, dass ich niemals auf die Idee gekommen wäre, Schimanek umzubringen."

Der Chefinspektor hörte zwar zu, ging aber auf die Verteidigung des Dozenten, der an den gesunden Menschenverstand des Polizisten appellierte, nicht ein.

„Ich habe mittlerweile ein wenig die Akten durchgesehen und mich über ihre politische Vergangenheit informiert. Im

Jahre 1968 waren Sie einer der Hauptaktivisten des Verbandes Sozialistischer Studenten, einer damals linksradikalen Organisation. Auch nachher sind Sie bei Demonstrationen und Veranstaltungen linker und anarchistischer Gruppen dabei gewesen."

„Ah ... Sie haben bei Ihren Kollegen von der GESTAPO, ich meine von der Staatspolizei, nachgefragt."

„Ich warne Sie, Herr Dozent, diese Äußerung wird Folgen haben. Wir leben in einem Rechtsstaat."

„Dass wir in einem rechten Staat leben, habe ich nie bezweifelt. Jedenfalls werden Sie sich schwertun, aufgrund meines Engagements für fortschrittliche Politik eine Beweiskette aufzubauen, die schlüssig zum politischen Mord an einem Kollegen führt."

„Herr Dozent, das letzte Wort in diesem Zusammenhang ist noch nicht gesprochen. Ich würde Sie bitten, jetzt Ihr Zimmer durchsuchen zu dürfen."

Dem Dozenten platzte endgültig der Kragen.

„Nein, außer Sie haben einen gerichtlichen Beschluss. Wir leben schließlich – wie Sie vorhin sagten – in einem Rechtsstaat."

„Einen Durchsuchungsbefehl habe ich nicht, aber Sie können sich darauf verlassen, dass ich morgen mit einem komme. Und wenn Sie sich mit mir anlegen, auch mit einem Haftbefehl. So! Für heute reicht es mir!"

„Nicht nur Ihnen ..."

Nachdem der Chefinspektor wütend und grußlos das Zimmer verlassen hatte, fragte sich der Dozent, ob sein Verhalten richtig gewesen war. Schließlich tat der Mann nur seine Pflicht oder was er dafür hielt. Irgendwie hatte er Verständnis für den Chefinspektor. Ein Dozent, der allen Klischees eines linken Anarchisten entsprach, war von einem seriösen Zeugen des Mordes bezichtigt worden. Was wollte man als Polizist mehr? Er hatte ein mulmiges Gefühl im

Magen. Was war, wenn ihn dieser voreingenommene Beamte wirklich verhaftete? Er beschloss, intensiv an der Lösung des Mordfalles zu „arbeiten" und außerdem zu versuchen, den Chefinspektor etwas netter zu behandeln.

KAPITEL 12

Statt nach Hause zu gehen, wo ihn niemand erwartete, kehrte Lietzmann in ein Wirtshaus ein, das sich in der Nähe seiner Wohnung befand. Die heimelig verrauchte Beislatmosphäre sowie die Gespräche der anderen Gäste, die dezent von Ö3-Musik untermalt wurden, entspannten ihn. Bei einem herrlichen Schweinsbraten und einem Krügel Bier verrauchte sein Zorn allmählich. Diese Mordgeschichte an der Uni und das präpotente Gehabe des Dozenten, der ihm eine informelle Hausdurchsuchung verweigert hatte, ärgerten ihn ungemein. Natürlich hatte der Universitätsangestellte recht. Ohne Durchsuchungsbefehl eines Richters durfte das Privateigentum eines Menschen nicht durchstöbert werden. Auch nicht von der Polizei. Aber stur eine solche Maßnahme zu verweigern, schafft böses Blut. Und könnte ein Hinweis dafür sein, dass der Dozent Dreck am Stecken hatte. Dann noch seine Bösartigkeiten gegen die Polizei und den Rechtsstaat. Sein Vergleich mit der GESTAPO! Das musste man sich nicht gefallen lassen. Zwar wusste er von schwarzen Schafen in den eigenen Reihen, aber im Großen und Ganzen waren die Kollegen in Ordnung. Lietzmann stammte aus einer Familie, deren Mitglieder immer sozialistisch gewählt hatten, seine Arbeit bei der Polizei hatte allerdings sein Denken allmählich verändert. Er war kein Rechter geworden, doch nach der Ära der SPÖ-Alleinregierungen unter Bruno Kreisky zeigte sich eine etwas andere Situation, die ihn sehr nachdenklich stimmte. Der Streit im Kampf um das Bundespräsidentenamt offenbarte deutlich, dass nichts so einfach war, wie es schien. Einerseits befürchtete er das Aufreißen von Gräben durch die entstandene Polarisierung, andererseits begrüßte er die intensive Beschäftigung mit

Österreichs Vergangenheit. Im Konflikt um Waldheim stand er ganz klar auf der Seite der Sozialdemokratie. Österreich brauchte keinen Präsidenten, der argumentierte, dass er 1938 Austrofaschist war und daher keine Nahbeziehung zum Nationalsozialismus hatte. Lietzmann fragte sich, warum sich das Land ein Staatsoberhaupt leisten wolle, das einem undemokratischen Regime gedient hatte. Die Diskussion um Waldheim und seine Vergangenheit hatte dazu geführt, dass man Menschen, die man lange kannte und mit denen man befreundet war, nicht mehr sehen wollte. Ein trauriger Aspekt des Ganzen. Traurig stimmte ihn auch der Gedanke, dass dieser Wahlkampf die politischen Gegensätze verschärfte und wieder zum Thema machte. Apropos Gegensätze: Im Zuge seines Grübelns kam er auch zu dem Schluss, dass er mit dem Dozenten anders umgehen sollte. Klar, der Mann versuchte ihn zu provozieren und zu ärgern, aber im Grunde waren sie in vielen Bereichen vermutlich nicht so weit voneinander entfernt. Und als aus dem Radio Falcos „Alles klar, Herr Kommissar?“ erklang, musste er sogar schmunzeln.

KAPITEL 13

Am selben Abend rief der Dozent den Studentenvertreter Wolfgang Swoboda an. Er kannte ihn von politischen Veranstaltungen. In letzter Zeit hatten sie gemeinsam an Anti-Waldheim-Demonstrationen teilgenommen, was der Dozent auch als Vorwand für seinen Anruf nutzte. Nach der Frage, ob Swoboda am nächsten Tag zu einer Versammlung, die den Protest gegen Waldheim koordinierte, kommen würde, sprach er ihn beiläufig auf die Mordgeschichte an. Ob es möglich wäre, diese gemeinsam zu besprechen? Swoboda stimmte zu und sie verabredeten sich für halb zehn Uhr im nicht weit von der Wohnung des Dozenten entfernten *Café Merkur*. Dort servierte ihm der Kellner, der den Dozenten gut kannte, ohne, dass er bestellen musste, einen weißen G'spritzten. Als er an diesem nippte, sah er Swoboda auf dem Fahrrad um die Ecke biegen. Der Studentenvertreter wirkte wie immer etwas zerzaust – als ob er gerade dem Bett entstiegen wäre. Nach einigen einleitenden Floskeln kam der Dozent auf den Tod von Schimanek zu sprechen. Ohne ins Detail zu gehen, deutete er an, dass man vonseiten der konservativen Professoren mit Verdächtigungen gegen ihn nicht sparte und dass er daher gerne mehr über die Geschichte gewusst hätte.

„Wolfgang, du bist ja schon dagewesen, als ich gekommen bin. Alle standen vor dem Hörsaal, wieso war eigentlich niemand drinnen?"

Swoboda zündete sich eine *John Players Navycut* an, machte einen tiefen Zug und antwortete:

„Offensichtlich gibt es sowohl unter den Kommissionsmitgliedern als auch unter den Bewerbern nur Raucher. Alle haben draußen vorm Hörsaal geraucht. Hin und wieder ist einer kurz hineingegangen. Du ja auch."

„Kannst du dich noch erinnern, wer aller in den Hörsaal ging?"

„Na eigentlich jeder. Ich war auch einen Moment drinnen, aber der Saal war leer. Fast alle machten das. Sie schauten in den Hörsaal hinein und kamen dann wieder heraus. Holub, Stürmer, die verschiedenen Studenten- und Mittelbauvertreter. Auch die beiden anderen Knaben, die sich beworben haben. Weesmann und dieser Engländer ..."

„Malcolm."

„Richtig. Der war ungefähr eine Minute im Saal. Ich bin als Erster gekommen und hab kurz reingeschaut. Der Leitner war gerade mit dem Herrichten fertig. Als ich dann vor dem Hörsaal gestanden bin, kam Habermann und stellte sich sofort zu mir. Der ist als Einziger nicht hineingegangen, da er sich mit mir bis zum Beginn des Vortrags unterhalten hat. Er war scheißfreundlich und zuckersüß. Schließlich wollte er ja meine Stimme in der Kommission haben. Aber die hätte er sowieso bekommen, da der Schimanek nicht mein Fall war. Sowohl politisch als auch menschlich bin ich mit dem nie zurechtgekommen."

„Hast du Vorlesung bei Schimanek gehört?"

„Ja, im letzten Semester habe ich mir dieses Sanskrit II bei ihm gegeben. Ein Horrortrip. Der Mann war überhaupt nicht diskussionsbereit, der reine Zapfer. Er hat es nur mit Grammatik und Vokabeln gehabt, irgendwelche literatursoziologische Ansätze hat er nicht gelten lassen."

„Hast du bei Schimanek eine Prüfung gemacht? Ich habe gehört, er soll ein sturer und unguter Prüfer sein."

„Ja, ich habe das verdammte Sanskrit II kolloquiert, aber dieses Dreckschw ...", er besann sich, dass er über einen Toten sprach und fuhr in gemäßigtem Tonfall fort, „... dieser Schimanek hat mir einen ganz komplizierten Text gegeben. Ein Stück aus den Upanischaden, die man schon in der deutschen Übersetzung kaum versteht und dann erst in Sanskrit ... Jedenfalls hat er sich solchermaßen für meine Versuche revanchiert, ihn während der Vorlesung zu verunsichern."

„Na ja ... aus Rache dafür hättest du ihm ja ein bisschen Gift in die Wasserkaraffe schütten können."

„Was willst du damit sagen?", brauste Swoboda, „ich hab den Schimanek doch nicht umgebracht!"

„Na komm, das war ein Scherz. Echauffier dich nicht so wie deine Schwester. Die hat sich ja auch total aufgeregt. Damals als die Bürokraten verrückt gespielt haben."

„Was soll das mit meiner Schwester? Die hat genug Gründe, den Schimanek zu hassen. Aber mein Schwesterherz ist derzeit in Indien."

Der Dozent freute sich, dass seine Überrumplungstaktik aufgegangen war. Swoboda hatte ohne zu zögern zugegeben, dass die Studentin, mit der sich Schimanek vor Jahren angelegt hatte, seine Schwester war. Das Argument, dass sie nicht im Lande sei, schloss zwar ihre persönliche Täterschaft aus, aber schließlich konnte es sich um eine Art Familienrache handeln. Eine Vendetta auf akademischem Boden. So sehr der Dozent Swoboda mochte, einige Verdachtsmomente sprachen gegen ihn. Swoboda hatte ein Motiv. Zwei sogar, wenn man es genau nahm, und er hatte gerade zugegeben als Erster im Hörsaal gewesen zu sein. Um Swoboda zu beruhigen, lächelte der Dozent freundlich, doch jener war plötzlich wortkarg. Nur bei einem einzigen Thema taute er kurz auf. Als der Dozent sich wunderte, warum Irene Moser so hysterisch geschrien hatte, meinte er:

„Ich glaube, du kennst die Moser nicht. Die ist eine ganz Wilde. Die scheint überhaupt nur an eines zu denken. Nach einem Institutsfest hab ich einmal was mit ihr gehabt. Sehr geil. Allerdings ist sie keine, die man längere Zeit halten kann. Du vielleicht als Dozent. Aber ich als Student war ihr gerade für einmal Sex gut. Nachher wollte sie nicht mehr.

Man munkelt, dass Schimanek die letzte Neuerwerbung in Mosers Kollektion war."

Der Dozent nahm sich vor, Irene Moser ein wenig genauer anzusehen. Vielleicht ließ sich das Angenehme mit dem Nützlichen verbinden? Wer könnte mehr über Schimanek wissen als seine Geliebte?

KAPITEL 14

Am Montag der folgenden Woche kamen zwei Polizisten in sein Institutszimmer, wiesen einen Durchsuchungsbefehl vor und begannen alle Sachen zu durchwühlen. Wieder stieg Wut in ihm auf und er ärgerte sich fürchterlich. Mittags traf er Peter Hassinger im Beisl *Zu den Wiener Schwalben*. Einem ihrer Lieblingslokale in der Innenstadt, das eine ausgezeichnete Küche hatte. Auf der Speisekarte fanden sich Wiener Spezialitäten, vor allem Innereien wie Hirn, Leber, Nieren, Beuschel oder saures Herz. Die Besonderheit des Lokals war aber die resche Kellnerin. Eine etwas rundliche Frau um die vierzig, die den Kunden wenig Wahl ließ. Wenn man etwas bestellte, konnte es passieren, dass sie den Gast mit strengem Blick ansah und in forschem Ton sagte: „Nein, das gebe ich Ihnen nicht, das ist nichts für Sie heute." Danach folgten Empfehlungen, denen man am besten folgte, da sie sich immer als goldrichtig erwiesen. Wer hier zum ersten Mal aß, war entweder so entsetzt, dass er nie wieder kam, oder so angetan vom rauen Charme der Frau Lotte, dass er das Lokal immer wieder aufsuchte. Hassinger und der Dozent hatten sich ganz hinten hingesetzt, um ungestört und unbelauscht zu sein. Nachdem die Getränke gebracht worden waren, legte Hassinger los:

„Also, ob du es glaubst oder nicht, aber dieses Institut für Indologie scheint ein brodelnder Kessel der Leidenschaften zu sein. Jedenfalls im Vergleich zu unserem langweiligen Institut, in dem es außer dem üblichen Streit um die Hackordnung wenig Konflikte gibt."

„Na dann schieß los, ich bin gespannt."

„Fangen wir mit den Holubs an. Die Studenten, mit denen ich sprach, behaupten so allerlei. Version eins: Professor

Holub hat seine junge Frau aus der Gosse gezogen. Sie soll auf den Babystrich gegangen sein und er hat sie da rausgeholt und geheiratet. Ich halte das für reine Erfindung."

„Ich glaube, da haben die Studenten zu viele amerikanische Filme gesehen. Der berühmte Wissenschaftler und die kleine Nutte klingt nach Klischee. Für das Vorleben der Frau sollte man sich vielleicht interessieren."

„Variante zwei: Sie war früher in München eine Studentin von Holub und er hat sie sozusagen von der Hörsaalbank weg geheiratet. Einigkeit herrscht darüber, dass Holubs Frau überaus lebenslustig ist und ihrem Mann kaltblütig Hörner aufsetzt. Die Frage ist, mit wem. Sowohl Schimanek als auch Habermann werden genannt. Uneinigkeit herrscht bei der Frage, ob sie zuerst etwas mit Habermann und dann mit Schimanek hatte oder umgekehrt. Oder mit beiden gleichzeitig."

„Schimanek hatte doch ein Verhältnis mit dieser Irene Moser, wofür ja auch deren hysterisches Geschrei spricht. Und dass er zweispurig gefahren ist, traue ich ihm nicht zu. Allerdings wäre Schimanek, der ja ein berechnender Karrierist war, ganz schön blöd gewesen, diese Beziehung so knapp vor der Entscheidung über die Holub-Nachfolge zu beenden. Ein gutes Wort der Ehefrau hätte ihm sicher helfen können. Nach dem, was Holub mir gesagt hat, scheint sich seine Frau allerdings für Habermann starkgemacht zu haben."

„Was die beiden nicht aus dem Institut stammenden Konkurrenten anlangt, habe ich nicht viel in Erfahrung bringen können. Malcolm gilt als Revoluzzer und als ein Mann, der in Drogengeschichten involviert ist. Die einen sagen, er nimmt selbst was, die anderen behaupten, er hat etwas mit Drogenfahndung zu tun. Er war angeblich bei einer internationalen Organisation beschäftigt. Vielleicht hatte die mit der Bekämpfung des internationalen Drogenhandels zu tun. Außerdem handelt er angeblich mit buddhistischer Kunst."

„Buddhistische Kunst? Das ist interessant. Ich erinnere mich, dass auf Schimaneks Schreibtisch zwei Figuren standen. Die eine war eine kleine Buddha-Statue und die andere sah aus wie ein Tiger aus Elfenbein. Diese Elfenbeinfigur ist, glaube ich, eine japanische Netsuke. Könnten diese Kunstgegenstände ein Motiv sein? Was gibt es eigentlich über Weesmann zu berichten?"

„Über den war noch weniger herauszubekommen als über Malcolm. Er gilt als fachlich gut, aber farblos. Die Studenten meinen, von dem einen Mal, bei dem sie ihn sahen, könnten sie zwar nicht viel sagen, aber warm werden könne man mit dem nicht. Habermann und Schimanek hingegen haben jeweils ihre Anhänger. Verbreitetes Urteil über Schimanek: sehr unangenehm als Prüfer, aber ein lockerer Typ im Privaten. Er saß gern mit Studenten zusammen und trank mit ihnen. Habermann hingegen wird als hilfsbereit und angenehm, jedoch als etwas gehemmt beschrieben. In letzter Zeit hat er sich im Institut rar gemacht. Was mit der Vorbereitung zum Probesingen oder mit einer Beziehung zu Holubs Frau zusammenhängen könnte."

„Du meinst, die haben es tagsüber getrieben? Während der alte Holub brav seine Vorlesungen und Übungen hielt, hat ihm Habermann daheim assistiert und seine Frau betreut?"

Dann brachte Frau Lotte das Essen. Paniertes Hirn mit einem Erdäpfel-Mayonnaise-Salat für den Dozenten und Bruckfleisch für Hassinger. Wie immer, wenn sie gemeinsam essen gingen, kosteten die beiden jeweils vom Gericht des anderen.

„Mir hat übrigens eine Studentin von einer Auseinandersetzung zwischen Schimanek und Stürmer erzählt", setzte Hassinger das Gespräch fort, während er ein saftiges Stück

Herz von seinem Bruckfleisch auf die Gabel hievte. „Sie meinte, die beiden hätten in einer Ecke des Hauptgebäudes gestanden, und aus der Entfernung habe sie gehört, wie Schimanek zu Stürmer gesagt hat: ‚Bundesbruder hin, Bundesbruder her, ich werde das an die Öffentlichkeit bringen.' Ein Disput zwischen Stürmer und Schimanek, die ja beide Mitglieder in der gleichen CV-Verbindung sind."

„Da schau an, der Professor Stürmer! Dieses vermaledeite Arschloch, das mir die Schwierigkeiten mit der Polizei eingebrockt hat. Vielleicht hat auch er ein Motiv? Das wäre ein Triumph. Ich glaube, ich werde mich Irene Moser widmen. Du weißt ja, im Bett werden viele Geschichten ausgeplaudert. Vielleicht weiß sie etwas über das Zerwürfnis der beiden CVer."

„Wenn nur ein Bruchteil von dem stimmt, was man über Irene Moser erzählt, kannst du problemlos auf die eben erwähnte Weise Informationen beschaffen. Ich würde dir diese Arbeit gerne abnehmen, aber ich glaube, der Dozentenbonus nützt bei ihr sehr viel. Also, versuch dein Glück und quetsch sie aus."

„Interessant ... Gestern charakterisierte Swoboda mit fast den gleichen Worten Irene Moser. Und der muss es wissen. Schließlich hatte er einmal mit ihr gevögelt."

KAPITEL 15

Zurück an der Uni schaute der Dozent auf einen Sprung ins Institut für Indologie, wo ihm Lorenz Leitner über den Weg lief.

„Sagen Sie, Herr Leitner, ist das Zimmer vom Dozent Schimanek versiegelt? Oder kann man da hinein? Ich habe Schimanek nämlich ein Buch geborgt ..."

„Bitte, Herr Dozent, Sie können ohne Weiteres hinein. Die Polizei hat es schon durchsucht, aber nichts gefunden, was mit dem Mord zu tun haben könnte. Sagt zumindest der Chefinspektor."

„Begleiten Sie mich bitte? Man kann man ja nie wissen ... und man kommt schneller in Verdacht, als man denkt ..."

„Aber, ich bitte Sie, Herr Dozent, wer wird denn so etwas denken? Die anderen sind da nicht so heikel, die gehen ohne Probleme in Schimaneks Zimmer, um sich ein Buch zu holen oder so."

„Die anderen? Wen meinen Sie?"

„Na alle, Professor Holub und unsere beiden Gäste, der Deutsche und dieser M..."

„Malcolm."

„Ja, richtig. Und auch die Studenten. Wenn sie was brauchen, gehen sie in sein Zimmer."

„Falls es Ihnen nicht allzu viel ausmacht, wäre es mir als Institutsfremdem lieber, wenn Sie mitkommen würden."

Obwohl ihn Leitner, Unverständliches vor sich hin brabbelnd, begleitete, hatte der Dozent ein mulmiges Gefühl, als er die Tür zu Schimaneks Zimmer öffnete. Drinnen sah er sich gründlich um. Da er ein gutes Gedächtnis hatte, versuchte er etwas zu finden, das sich zu den letzten Malen, als er hier gewesen war, verändert hatte. Das mit Bücherregalen spärlich eingerichtete Zimmer wirkte heute noch nüchterner als sonst. Als sein Blick durch den Raum wanderte, schien ihm etwas anders als sonst zu sein. Zwei Dinge, die immer auf Schimaneks penibel aufgeräumten Schreibtisch gestanden hatten, fehlten. Die Buddha-Statue sowie der kleine Tiger aus Elfenbein waren verschwunden. Der Dozent suchte noch eine Weile nach dem von ihm erfundenen Buch und murmelte dabei etwas von „eine rot eingebundene Monografie und Methoden der generativen Grammatik“. Ganz den zerstreuten, ein wenig weltfremden Wissenschaftler mimend, bedankte er sich schließlich bei Leitner für dessen Begleitung und begab sich in sein Zimmer.

KAPITEL 16

Als Lietzmann in Richtung Universität unterwegs war, dachte er mit wenig Freude daran, dass er den Dozenten wieder sehen musste. Verdächtige waren niemals die Lieblinge des Chefinspektors und dieser Mann verkörperte noch dazu so ziemlich alles, was er nicht mochte. Und da war dann noch etwas, das ihn quälte: Er war sich nicht sicher, dass er mit ihm den Täter vor sich hatte. Vielleicht war er bisher auf einer falschen Spur gewesen. Beim Betreten des Dozenten-Zimmers umfing ihn intensiver Kaffeegeruch, der aus einer Bialetti, die auf einem Elektrokocher stand, strömte. Das mutete ihn vertraut an, denn seit dem Tod seiner Frau, die ihm immer Filterkaffee vorgesetzt hatte, trank er nur mehr Espresso, den er auf dieselbe Weise zubereitete. Als Erinnerung an den letzten gemeinsamen Urlaub und an die glücklichen Tage bei einer Bauernfamilie in Apulien, wenige Monate vor dem Ausbruch ihrer Krankheit.

„Guten Tag, Herr Dozent."

Lietzmann ertappte sich, dass er – vermutlich aufgrund des wunderbaren Kaffeegeruchs – lächelte. Die Reaktion des Dozenten war ebenfalls netter als die letzten Male.

„Guten Tag, Herr Chefinspektor, bitte nehmen Sie Platz. Ich mache mir gerade Kaffee, wollen Sie auch einen?"

Lietzmann kämpfte mit sich, ob er das Angebot annehmen sollte, schließlich erwiderte er höflich:

„Doch, gerne, ich bin kaffeesüchtig."

War das schon zu persönlich oder lag es noch im Bereich des normalen Umgangs zwischen zwei Menschen? Auf dem Weg zur Sitzgarnitur, auf die der Dozent mit einladender Geste hingewiesen hatte, kam er an einem kleinen Tischchen vorbei, auf dem eine Flasche Wein stand. Er sah sich das Etikett an und fragte:

„Haben Sie diesen Cabernet Sauvignon vom Kollwentz schon einmal verkostet?“

Der Dozent bejahte und erklärte, dass er diesen Wein am Abend einem Freund, bei dem er zu Gast war, mitbringen wollte:

„Ich habe ihn schon vor Jahren entdeckt, als die Preise noch etwa der gebotenen Qualität entsprachen. Mittlerweile sind sie bei uns mit den Preisen verrückt geworden. Man kann inzwischen einen schönen Italiener oder Franzosen um das Geld kaufen, das unsere Top-Hauer für ihre Produkte verlangen. Aber dieser Cabernet Sauvignon ist wirklich erstklassig. Interessieren Sie sich für Wein?“

„Im Rahmen meiner bescheidenen Mittel, ja. Ich brauch Ihnen ja nicht zu erzählen, dass man als Bundesbeamter kein Krösus ist. Sie haben recht mit den Preisen, ich habe mich bisher noch nicht durchringen können, fast 200 Schilling für eine Flasche vom Kollwentz auszugeben. Einer meiner etwas finanzkräftigeren Bekannten schwört auf ihn. Dort habe ich ihn einmal getrunken und war recht angetan. Im Mittelburgenland gibt es einige ähnlich gute Rotweine, die nicht so hohe Preise haben. Dort kaufe ich gelegentlich ein. Waren Sie schon einmal in Horitschon?“

Der Dozent glitt in ein freundliches Gespräch unter Kennern und Liebhabern hinein und für einen Augenblick vergaß Lietzmann fast, warum er hier war.

„Nein, das habe ich mir schon länger vorgenommen. Ich fahre häufig nach Lutzmannsburg, das ist auch so ein Geheimtipp für Rotwein, kennen Sie es?“

„Früher habe ich öfter dort gekauft, doch in der letzten Zeit bilde ich mir ein, dass die Roten in Horitschon eher meinem Gaumen entsprechen. Wir sind ja leider kein Rotweinland. Weißwein kann man in Österreich dagegen wirklich in hervorragender Qualität bekommen. Mit den Roten schaut es jedoch nicht ganz so gut aus. Schade, dass ich diese Flasche heute Abend meinem Gastgeber versprochen habe, sonst hätte ich Ihnen ein Glas anbieten können."

„Das wäre sehr nett gewesen, aber ich darf im Dienst eh nichts trinken. Nichts Alkoholisches zumindest", ergänzte er mit einem Blick auf den Kaffee, den der Dozent eben eingoss.

„Um im Bild zu bleiben und Ihnen reinen Wein einzuschenken", setzte er dann nach dem ersten Schluck Espresso fort, „Sie stehen natürlich noch immer im Verdacht, Herr Dozent. Schließlich bleibt der Tatbestand, dass Sie eine – vielleicht nur rhetorische – Morddrohung ausgestoßen haben und im Hörsaal gewesen sind, unverändert bestehen. Aber ... hmm ... mittlerweile überblicke ich die Situation viel besser und ... na ja ..."

„Sie sehen mittlerweile, dass es außer mir noch eine Reihe von anderen Mordverdächtigen gibt. Sie hätten doch sicher nicht auf mich getippt, wenn nicht einer der Zeugen Ihnen den Floh ins Ohr gesetzt hätte, dass ich der Mörder sein muss. Obwohl es eine Menge anderer gibt, die weitaus mehr Grund hatten, Schimanek umzubringen. Die sich etwas von seinem Tod erhoffen konnten, im Gegensatz zu mir. Ich wäre gewissermaßen ein ideologischer Täter, der aus rein weltanschaulichen Gründen ohne persönlichen Vorteil mordet."

Lietzmann musste sich eingestehen, dass der Dozent mit seinen Ausführungen nicht ganz unrecht hatte.

„Was Sie da sagen, trifft zu. Auch wenn ich betonen muss, dass ich keinerlei Beweise habe, die Sie entlasten. Es gibt da einige, die am Donnerstag anwesend waren, die zwar keine Morddrohung ausgestoßen haben, aber Spannungen mit dem Ermordeten hatten, Konkurrenz, Eifersucht ..."

„Das kann man wohl sagen", meinte der Dozent ganz ruhig, so als hätte er beschlossen, die durch das Gespräch über den Wein hergestellte freundliche Atmosphäre zu nützten. „Als ich so plötzlich unter Verdacht stand, habe ich mich ein wenig bei meinen Kollegen umgehört. Dabei bin ich auf einige interessante Dinge gestoßen."

Lietzmann überlegte, ob er den Dozenten darauf hinweisen solle, dass die Ermittlungen Sache der Polizei sind. Stattdessen gab er eine ironische Antwort:

„Aha, soll ich jetzt ‚Herr Kollege' sagen? Sie glauben also, dass die Aufklärung eines Mordfalls einfach ist. Wie in einem Krimi, wo die ermittelnden Beamten immer ein bisserl schwerfällig sind, während die Amateure vor Genialität sprühen."

„Nein, das nicht, aber ich habe Ihnen gegenüber einen großen Vorteil. Ich kenne die Fallstricke, die im Dickicht des universitären Konkurrenzkampfes ausgelegt sind, und auch die Methoden der Guerillas im Dschungelkampf hier im Hause."

„Wir sollten uns in Ruhe zusammensetzen und Sie erzählen mir, was Sie von den Dingen halten und was Sie herausgefunden haben, aber ich merke gerade, dass wir uns verplaudert haben. Ich muss zu Professor Holub, der legt Wert auf Pünktlichkeit. Gestern war er ganz böse, als ich eine halbe Stunde später als angekündigt zu ihm gekommen bin."

Lietzmann verabschiedete sich und musste sich eingestehen, dass die Beschuldigung durch einen Kollegen des Dozenten ihn offensichtlich in eine falsche Richtung gelenkt hatte. Wobei – und das gab er nur ungern zu – auch seine eigenen Vorurteile eine Rolle gespielt hatten. Die Idee, dass der Dozent sich als Insider umhören wollte, gefiel ihm gar nicht so schlecht.

KAPITEL 17

Erneut hatte der Dozent Glück. Als er am folgenden Tag in die Universität kam, traf er auf Professor Weesmann aus Marburg an der Lahn. Weesmann war blond, fast zwei Meter groß und schlank. Er hatte ein kantiges, peinlich glatt rasiertes Gesicht und einen Kurzhaarschnitt. Alles an ihm schaute beängstigend germanisch aus und der Dozent spürte, wie Vorurteile gegen die Piefkes in ihm hochstiegen. Die Kleidung des Deutschen – ein dunkler Anzug mit leichtem Nadelstreif, der wie angegossen passte, ein strahlend weißes Hemd sowie eine blau-gelb gemusterte Krawatte – war konservativ und elegant. Das brachte Weesmann beim Dozenten keine Pluspunkte. Dieser fand den deutschen Kollegen gründlich unsympathisch und er musste sich überwinden, ihn anzusprechen. Höflich erkundigte er sich nach dessen Befinden und fragte, ob er Lust hätte, bei ihm im Zimmer einen Kaffee zu trinken. Der Deutsche musterte sein Gegenüber aus wässrig blauen Augen. Sein Blick war kühl und distanziert:

„Gut, eine Tasse Kaffee", antwortete er und betonte dabei die erste Silbe, sodass der Dozent zweifelte, ob der Espresso, den er braute, das Richtige für ihn war. Als Alternative bot er seinem Gast einen türkischen Kaffee an – schließlich war er Turkologe – und Weesmann entschied sich dafür. Nun wurde der Deutsche Zeuge zeremonieller Vorbereitungen, die das Mahlen des Kaffees, das Mischen mit Zucker und Wasser, das langsame Erhitzen sowie das dreimalige Aufwallenlassen samt dem leisen Sprechen einer Koransure umfassten.

„Wissen Sie, ich hätte in jedem Falle eine Gelegenheit gesucht, mit Ihnen zu sprechen. Ich finde nämlich, dass man sich nur im Rahmen einer privaten Unterhaltung ein Bild von einem Bewerber machen kann. Aber jetzt, wo wir alle unter Mordverdacht stehen ..."

„Also ich habe nicht den Eindruck, dass ich unter Mordverdacht stehe. Ich war Zeuge eines Mordes, aber warum sollte ich mich verdächtigt fühlen? Ich habe schließlich mit Schimanek ein sehr gutes Verhältnis gehabt, wenn wir auch Konkurrenten hier um die Stelle in Wien waren. Aber als Kollegen habe ich Schimanek sehr geschätzt. Und was unser ‚Besser-Kennenlernen' anlangt, nehme ich an, dass Sie als Mitglied der Berufungskommission die Bewerbungsunterlagen studiert haben. Wie Sie wissen, habe ich in Berlin promoviert und mich dann in Göttingen habilitiert. Auch meine Publikationsliste lag im Bewerbungsverfahren vor, also wüsste ich nicht, was ich noch erzählen sollte."

„Nun, ich denke, dass ein Wissenschaftler mehr ist als eine Publikationsliste und ein offizieller Lebenslauf. Familiäre Verhältnisse, soziale Beziehungen, Vorlieben und Leidenschaften machen doch einen Teil jedes Menschen aus."

„Wenn man jemand heiraten will, vielleicht", warf Weesmann spöttisch ein, „aber nicht bei einer Berufung zum Professor. Da zählen nur die fachlichen Qualifikationen. Ob ich mich für Tiere, Landschaften, Pflanzen oder sonst was interessiere, ob meine Eltern Bauern oder Universitätsprofessoren sind, ist ausschließlich meine Sache."

Der Dozent reichte Weesmann die Schale mit türkischem Kaffee, bevor er fortfuhr:

„Etwas anderes würde mich noch interessieren. Kannten Sie Schimanek schon lange?"

„Ich kannte Schimanek schon seit Jahren", sagte Weesmann und nahm einen Schluck vom heißen Getränk. „Sie wissen ja, wie das in solchen kleinen Fächern wie dem meinen oder dem Ihren ist. Menschen, die sich damit beschäftigten, kennen sich alle untereinander. Am Abend vor seinem Probevortrag war ich mit Schimanek essen und wir haben uns sehr kollegial unterhalten. Schließlich kann man nicht mit allen, mit denen man sich irgendwo gemeinsam beworben hat, verfeindet sein."

„Worüber hat Schimanek denn gesprochen, als Sie essen waren?"

Der Dozent musste sich nun selbst bemühen, die erste statt der zweiten Silbe zu betonen, wie das Weesmann mit großer Konsequenz tat.

„Hat er außer Fachsimpelei irgendetwas gesagt, das Ihnen den Eindruck gab, dass er Angst vor irgendetwas oder irgendjemanden hatte?"

„Das hat mich der Chefinspektor auch schon gefragt, aber ich musste ihn enttäuschen. Wir haben über alles Mögliche gesprochen, Fachliches, Urlaub, Gesundheit, was man üblicherweise bespricht, wenn man sich nach einigen Monaten wiedersieht, doch ich hatte nicht den Eindruck, dass Schimanek Angst hatte. Aber wieso interessieren Sie sich gar so für diese Geschichte?"

„Ach, ich bin einfach neugierig. Vielleicht habe ich auch zu viele Krimis gelesen oder man ließ mich als Kind nicht so richtig Sherlock Holmes spielen, weil meine Eltern Angst hatten, ich würde mir dabei das Pfeifenrauchen angewöhnen."

„Wollen Sie mich veräppeln?", Weesmann stand abrupt auf. „Danke für den Kaffee, aber ich muss jetzt weiter. Ich habe noch einiges in der Bibliothek zu erledigen."

„Es hat mich gefreut, Sie kennengelernt zu haben. Vielleicht sehen wir uns in Zukunft ja öfter, sollten Sie einen Ruf nach Wien bekommen. Ihre Chancen sind ja seit vorgestern gestiegen."

„Also ich muss schon sagen, Ihr Benehmen ist mehr als eigentümlich, Herr Kollege. Wollen Sie mich verdächtigen, dass ich Schimanek umgebracht habe? So unbedingt will ich nun auch wieder nicht nach Wien, schließlich bin ich Professor in Marburg, aber dieser Habermann und auch Malcolm, die müssten viel interessierter sein, Professor zu werden. Man hört ja, dass Habermann alles versucht, um Holubs Nachfolger zu werden. Ich meine als Professor. Familiär ist er es ja schon ..."

„Woher haben Sie denn diese Weisheit?"

„Ach, das scheint hier an der Universität jeder zu wissen, außer Ihnen."

Dann verabschiedete sich Weesmann mit einem knappen „Tach".

KAPITEL 18

Die Tage des Triumphes haben mir gutgetan. Ich schlief ruhig, hatte keine Albträume mehr und war auch untertags von bösen Gedanken und Erinnerungen an die Kindheit befreit. Doch in diesem strahlenden Sonnenschein meines Erfolges tauchten heute die ersten Wölkchen auf. Noch nicht die großen schwarzen Wolken, die den Himmel verdüstern, aber kleine Wolken, die sich zunehmend vermehren. Vielleicht werden sie sich morgen schon wieder bedrohlich zusammenballen und alles verdunkeln. Mein gutes Gefühl könnte sich ändern, meine Ängste könnten mich erneut überfallen. Was mich nervös macht, ist der ganze Wirbel um den Tod von Schimanek. Der Chefinspektor ist ständig an der Uni unterwegs und führt Gespräche mit allen Personen, die bei dem Probesingen dabei waren. Schlimmer allerdings ist die Tatsache, dass dieser schreckliche Dozent der Turkologie auch herumschnüffelt. Seine Aktivitäten sind beängstigend. Was führt er im Schilde? Vor dem Inspektor ängstige ich mich nicht besonders, er wirkt träge und einfach gestrickt. Der Dozent jedoch beunruhigt mich. Als Insider kennt er sich auf der Universität aus und ist daher gefährlich. Und er hat seine Informationsquellen. Man hört, dass er die Studenten anzieht wie ein Magnet, die weiblichen Hörerinnen sollen ihn dabei auch aus anderen Gründen umschwirren. Unverständlich, doch Geschmäcker sind bekannter Weise unterschiedlich. Den Dozenten ebenfalls zu beseitigen, fehlt mir der Mut. Ich muss versuchen, nicht an ihn zu denken. Je mehr ich mich mit ihm beschäftige, desto mehr kehrt neben den ersten Wölkchen auch mein Hass zurück, der für kurze Zeit verschwunden war. Die Stille in meinem Kopf ist vorbei, jeder Weg wird wieder zur Qual und die Gesichter der Menschen, denen ich begegne, erstarren erneut zu hässlichen Fratzen.

KAPITEL 19

Während ihm bei Holub und Weesmann der Zufall zu Hilfe gekommen war, musste er sich längere Zeit bemühen, um an Malcolm heranzukommen. Zweimal war der Dozent vergeblich im Institut für Indologie gewesen, ehe er ihn antraf. Er stellte sich als Kollege vor, der in der Kommission für die Nachfolge von Professor Holub saß, und fragte den exotisch aussehenden Mann, ob er Zeit hätte, sich mit ihm ein wenig zu unterhalten.

„Wenn Sie wollen, können wir das gleich jetzt tun", antwortete Malcolm, dessen Deutsch hervorragend war. Ein geringer, kaum definierbarer Akzent ließ ahnen, dass dies nicht seine Muttersprache war. Malcolm war ähnlich wie Weesmann gekleidet, trug aber keine Krawatte und die extravagantere Kombination von Sakko und Hose gab ihm einen lässigen Touch. Der Dozent schlug vor, einen Kaffee zu trinken, doch Malcolm wollte lieber in *Demmers Teehaus* gehen. Obwohl der Dozent kein Liebhaber von Tee war, stimmte er zu, um den exotischen Kollegen bei Laune zu halten. Nach einigen Einleitungsfloskeln fragte er:

„Sie haben längere Zeit in Indien gelebt?"

„Ja, meine Eltern haben sich getrennt und ich bin mit meiner Mutter zurück in ihre Heimat gegangen. Dort habe ich Sanskrit von einem Guru gelernt – so wie eine lebendige Sprache – und eine innige Kenntnis des indischen Lebens erworben. Ich möchte ja nicht gegen meine Kollegen polemisieren, doch manchmal habe ich den Eindruck, sie sprechen über etwas, von dem sie eigentlich nichts verstehen. Indien ist nicht zu trennen von der Religion, von der Mentalität des Volkes, und von dieser haben Europäer wenig Ahnung."

„Ich kann dem schon aus persönlichen Gründen nicht voll zustimmen, da ich ja Turkologie betreibe und kein Türke bin."

„Wenn man die geistigen Hintergründe der indischen Mythen nicht erlebt hat, weiß man nichts."

„Aber Sie leben doch schon lange in Europa ..."

„Seit fast zwanzig Jahren wohne ich in Paris und teilweise war ich auch längere Zeit in England. Ich bin dort bei einer internationalen Organisation beschäftigt und reise viel. Auch nach Indien, wo ich mich wirklich wohl fühle."

„Was tun Sie da eigentlich bei dieser internationalen Organisation, Herr Kollege?"

„Ach, alles Mögliche fällt in unseren Aufgabenbereich. Wir beschäftigen uns mit internationalen Beziehungen auf wissenschaftlichem, medizinischem und kulturellem Sektor. Es ist eine abwechslungsreiche Arbeit, die mir aber genug Zeit lässt, mich mit wissenschaftlichen Fragen zu beschäftigen. Ich habe ja, wie Sie vielleicht wissen, dazwischen immer wieder an der Sorbonne und in Oxford unterrichtet. Man kann sich das gut einteilen bei unserer Dienststelle."

„Ist das eine Unterorganisation der UNESCO?"

„Ja, damit hat es zu tun. Was forschen Sie eigentlich derzeit, Sie sind ja Turkologe?"

Der Dozent erzählte von seiner Studie über das Leben und die sozialen Strukturen des Hofes unter Süleyman, leitete dann aber wieder zu Themen über, bei denen er sich Anknüpfungspunkte an Malcolms Tätigkeit erhoffte.

„Ich reise daher häufig in die Türkei, was mir sicher ebensolchen Spaß macht wie Ihnen Ihre Aufenthalte in Indien. Ich mag das Land und die Leute, die entspannte Lebensart, die Landschaften und natürlich das türkische Essen. Außerdem habe ich eine Leidenschaft für Kelims und kaufe gelegentlich ein schönes Stück. Es muss ja auch in Indien ganz reizvoll sein, Verschiedenes zu kaufen. Sammeln ist halt nicht jedermanns Sache, wie halten Sie es damit?"

„Kleine Reiseandenken nimmt man gelegentlich mit. Aber die wirklich schönen Stücke kann man sich nicht leisten."

Der Dozent kam nochmals auf das Reisen zurück und Malcolm erzählte, dass ihn seine Tätigkeit durch die ganze Welt führte, besonders nach Asien. Jedoch legte er sich nicht fest, in welche Länder er reiste und was er dort genau machte.

Malcolm kam dem Dozenten wie ein glitschiger Fisch vor, der einfach nicht zu fassen war. Er hatte die Geschicklichkeit eines Politikers, Antworten auf Fragen zu geben, die zwar die formalen Voraussetzungen einer Antwort erfüllten, aber letztlich doch keine Antwort waren.

„Haben Sie Schimanek eigentlich gekannt oder erst hier, im Zusammenhang mit der Holubnachfolge, getroffen?"

„Wir haben uns vorher schon gesehen, aber rein fachlich stehen wir uns nicht besonders nahe. Schimanek und ich haben über sehr unterschiedliche Dinge gearbeitet. Er fast ausschließlich über klassische Literatur, während das bei mir nur ein Teilaspekt ist. Ich bin vor allem an der Geisteswelt des heutigen Indien interessiert und verwende die klassischen Texte nur insofern, als sie das heutige Leben beeinflussen. Nicht als Selbstzweck, wie das die meisten Indologen tun."

Sie sprachen anknüpfend daran über dieses Thema. Malcolm wurde aber immer unruhiger, fast zittrig und schließlich verabschiedete er sich recht plötzlich mit einer knappen Verbeugung vom Dozenten. Von all den eigentümlichen Gestalten, die er im Laufe der Zeit an der Universität kennengelernt hatte, war Malcolm eine der rätselhaftesten. Als er zahlen wollte, stellte er fest, dass Malcolm das im Hinausgehen für beide getan hatte.

KAPITEL 20

Den nächsten Tag verbrachte er im Lesesaal der Österreichischen Nationalbibliothek. Er blieb so lange, bis er merkte, dass seine Konzentration nachließ. Hierauf machte er sich auf den Weg ins Institut und ging dabei nicht wie meistens durch den Volksgarten, sondern durch die Herrengasse. Als er im Neuen Institutsgebäude die Stiegen hinaufkeuchte, kam aus dem Institut für Indologie Irene Moser heraus.

„Guten Abend, Herr Dozent."

„Grüß' Sie, Frau Moser."

Im Gegensatz zu den meisten seiner Kollegen verwendete er Studenten gegenüber nicht das herablassende, auf keiner Gegenseitigkeit beruhende „Frau Kollegin oder Herr Kollege" und er vermied auch das Wort „Fräulein", das manche seiner Kollegen bevorzugten.

„Na, haben Sie sich schon von Ihrem Schock erfangen?"

„Es geht wieder etwas besser, aber ich bin noch immer ganz fertig von diesem schrecklichen Erlebnis. Der arme Wernfried."

Der Dozent musste einen Moment nachdenken, bevor ihm klar wurde, dass sie damit Schimanek meinte.

„Ja, schrecklich ... Was halten Sie davon, wenn ich Sie zum Abendessen einlade und wir über die ganze Sache in Ruhe reden?"

Irene Moser blühte geradezu auf und sagte mit strahlendem Lächeln:

„Ja gerne, das ist eine gute Idee."

Der Dozent schlug ihr eine Reihe verschiedener Lokale vor und Irene Moser entschied sich für ein italienisches Restaurant. Er mochte Frauen, die schnell Entscheidungen trafen – nicht nur was Lokale anlangte. Als sie bestellt hatten, versuchte der Dozent, das bis dahin belanglose Gespräch, das sie auf dem Weg zur Trattoria geführt hatten, auf Schimanek zu lenken:

„Wissen Sie, Frau Moser ...",

„Ach, Herr Dozent, sagen Sie doch bitte Irene zu mir, das klingt nicht so förmlich."

Das Lächeln, das sie ihm nun schenkte, war so auffordernd, dass es ihn richtig verwirrte. Er begann sich zu überlegen, wie dieser Abend wohl enden könnte.

„Gerne, aber nur wenn Sie nicht Herr Dozent, sondern Rudi zu mir sagen. Außerdem können wir uns duzen, vorausgesetzt, dass Sie keine Einwände haben."

„Ganz im Gegenteil. Man redet sich ja viel leichter, wenn man du sagt."

Es schien ihm nicht mehr unwahrscheinlich, dass der „Dozentenbonus" bei Irene Moser große Wirkung haben könnte. Er verschob seine Fragen auf später und setzte den Flirt fort:

„Es ist mir immer ein großes Vergnügen, mit einer so bezaubernden Frau per du zu sein. Sicherlich hast du schon von meinem schlechten Ruf in dieser Hinsicht gehört, aber Frauen begeistern mich nun einmal. Und wenn sie so hinreißend aussehen wie du, dann ganz besonders."

„Ich glaube, auch mein Ruf ist nicht der beste", antwortete sie und schenkte ihm ein weiteres Lächeln. Nach dem Essen schlug der Dozent vor, bei ihm noch einen Schluck Champagner zu trinken. Für besondere Anlässe wäre immer eine Flasche eingekühlt. Irene Moser sagte ohne langes Zögern zu. Als sie heimkamen und mit Champagner anstießen, küssten sie sich und wenig später landeten sie im Bett. Der Dozent hatte im Laufe seines Lebens mit vielen Frauen geschlafen, aber Irene war anders. Ihr Verhalten wechselte zwischen kindlichem Schmusen und fordernder Wildheit. Je länger der Abend dauerte, desto mehr war der Dozent von dieser Frau fasziniert.

KAPITEL 21

„Ich hoffe, du hältst mich jetzt nicht für schrecklich verdorben, weil ich gleich am ersten Abend mit dir ins Bett gegangen bin", sagte Irene, als er mit einer weiteren Champagnerflasche aus der Küche kam. Sie wirkte in diesem Moment so brav und bieder, dass der Dozent nicht wusste, welches die wirkliche Irene war, die leidenschaftliche Geliebte, die ihm obszöne Wünsche ins Ohr geflüstert hatte oder dieses bürgerliche, scheu wirkende Mädchen.

„Nein, ich mag Frauen, die wissen, was sie wollen, und nicht lange herumtun und sich zieren. Du machst den Eindruck, als wüsstest du, was du willst „

„Ja, das stimmt. Außerdem habe ich heute jemand gebraucht, der lieb zu mir ist. Ich bin schrecklich traurig wegen Wernfried ..."

„Ich habe ihn ja nicht sehr gut gekannt. Du weißt ja sicher, dass wir nicht ... äh ... besonders harmoniert haben. Aber mich würde interessieren, wie er wirklich war."

„Weißt du, der Wernfried war privat ganz anders als an der Uni. Wir haben seit einigen Monaten eine Beziehung gehabt und ich habe wirklich geglaubt, dass es mit ihm etwas werden könnte. Ich meine etwas auf Dauer. Ich habe viele Beziehungen hinter mir, manchmal auch sehr kurzlebige, aber mit dem Wernfried, habe ich gedacht, wird alles anders. Wir haben uns wirklich gut verstanden, nicht nur im Bett, auch so. Ich weiß, du hast ihn nicht sehr gemocht. Politisch und so. Er hat mir das erzählt und er mochte dich ja auch nicht ..."

„Du hast also angenommen, dass das mit Sch... ich meine mit Wernfried ... etwas Ernstes werden könnte?"

„Ja, ich glaub schon."

„Wie war er so in der letzten Zeit vor seinem Tod? Hast du gemerkt, dass er sich irgendwie verändert hat?“

„Ich weiß nicht ... Ich habe natürlich seine Anspannung vor dem Probesingen bemerkt. Es ging ja um viel für ihn. Wernfried hat sich in der Nationalbibliothek gar nicht wohl gefühlt. Er hat sich ständig bei mir entschuldigt, dass er wenig Zeit hat. Er war so aufgeregt und wechselhaft, weißt du. Ich bin nicht schlau aus ihm geworden. Einmal hat er Befürchtungen geäußert, dass er nicht auf die Liste kommen könnte, dann meinte er, Habermann oder Weesmann würde der sein, der nicht auf die Liste kommt. Und dieser Malcolm war ihm nicht geheuer. Er hat immer wieder gesagt: Malcolm ist ein seltsamer Mensch. Der ist mir unheimlich und er beschäftigt sich mit undurchsichtigen Dingen.“

„Konnte er das auch begründen?“

„Ich glaube, er hat ihn gar nicht so gut gekannt, und ich bin mir auch nicht sicher, ob er ihm zuvor schon irgendwo begegnet ist. Allerdings erinnere ich mich, dass er irgendwann eine Anspielung in einem anderen Zusammenhang gemacht hat. Es ging dabei um den illegalen Handel zwischen Asien und Europa und er hat irgendwas von Kontakten zu Malcolm vor sich hingemurmelt. Welche Ware dabei im Spiel war, weiß ich leider nicht.“

„Könnte es sein, dass es dabei um Drogenhandel ging?“

„Drogen glaube ich nicht. Ich habe keine Ahnung, was es war. Als ich nachfragte, was er damit meinte, um welche dubiosen Geschäfte es sich handelte und was Malcolm damit zu tun hätte, hat er das Thema gewechselt.“

„Er hat also Malcolm als seinen größten Konkurrenten gesehen, nicht Habermann, wenn ich das richtig verstehe?“

„Es war eigenartig. Noch vor Ende des Wintersemesters hat er vor allem Weesmann gefürchtet. Aber nach seinem Urlaub im Februar – Wernfried war allein in Finnland, wo er entfernte Verwandte hat – verlagerte sich diese Befürchtung auf Habermann. Wernfried meinte, dass Holub seinen Assistenten bevorzugen würde, der außerdem noch dessen Frau auf seiner Seite hatte. Weil Habermann mit der jungen Holub was hat."

„Was ich nicht verstehe ist, warum du, als Wernfried umfiel, sofort an Mord gedacht und aufgeschrien hast."

„Einige Tage vor dem Probesingen hat er gesagt, dass das wie ein Sumpf sei. Ein Kampf bis aufs Messer. Der Habermann würde mich umbringen, wenn er sich trauen täte."

„Er hat also Habermann direkt verdächtigt?"

„So direkt eigentlich nur den Habermann, aber er hat angedeutet, dass alle nicht vor Mord und Totschlag zurückschrecken würden, wenn es ums Ganze geht. Ich habe den Eindruck gewonnen, dass er Angst hatte, entweder auf brutale Weise ausgeschaltet zu werden oder durch eine Intrige."

„Wieso hat Wernfried seine Chancen so schlecht beurteilt? Ein Teil der Kommission war doch von vornherein auf seiner Seite. Die CVer in der Runde, wie etwa Professor Stürmer."

„Mit Stürmer hat Wernfried Probleme gehabt. Eben weil er ihn aus der Verbindung kennt. Er hat mir das einmal erzählt. Aber ich weiß nicht, ob ich dir das sagen darf. Es geht schließlich um eine Sache, die vertraulich ist. Versprich mir, es nur zu verwenden, wenn sich herausstellt, dass Stürmer etwas mit Wernfrieds Tod zu tun hat."

„Ich werde nur dann davon Gebrauch machen."

„Also das war so. Letztes Jahr hat Stürmer, der ein Alter Herr der Franco-Danubia ist, für seine Verbindung eine Ägyptenreise organisiert. Er ist ja Ägyptologe. Wernfried hat durch einen Zufall herausgefunden, dass Stürmer bei einem Händler im Basar in Kairo einige Stücke ausgesucht hat, die er als Provision haben wollte, wenn er ihm eine ganze Gruppe, eben die seiner CV-Bundesbrüder, bringt."

„Das ist ein Hammer. Man führt eine Gruppe zu einem bestimmten Händler, gibt den Leuten das Gefühl – schließlich ist man ein Kenner des Landes –, dass dieser Händler besonders solide und ehrlich ist, und bekommt dafür eine Provision. So viel Hinterlist hätte ich diesem … äh … dem Stürmer gar nicht zugetraut."

„Wernfried war auch ganz bös. Er hat gefunden, das sei eine Schweinerei. Er wollte das innerhalb der Verbindung an die große Glocke hängen. Wernfried hat mit Stürmer darüber gesprochen und der hat ihm zugesichert, dass er sicher auf den ersten Platz der Liste käme. Vor allem, wenn er von ihm unterstützt werden würde. Der arme Wernfried war nun in einer Zwickmühle, da er sich seine Karriere nicht verderben wollte."

„Also hatte der ehrenwerte Professor Stürmer durchaus einen Grund, seinen Bundesbruder Schimanek zum Teufel zu wünschen und ihn vielleicht auch dorthin zu schicken."

KAPITEL 22

Nach einem arbeitsamen, aber sonst ereignislosen Tag und einem schnellen Abendimbiss suchte er Peter Hassinger in dessen Wohnung auf. Bei Stilton und Portwein berichtete er zunächst über die Entspannung der Lage mit dem Chefinspektor sowie über dessen Interesse für Wein. Dann schilderte der Dozent die Gespräche mit Weesmann und Malcolm. Als er schließlich über den Abend mit Irene Moser zu erzählen begann, grinste Hassinger.

„Ich habe dir ja gesagt, die ist mit dem Dozentenbonus leicht herumzukriegen."

Hassinger merkte, dass sein Freund nicht so lässig reagierte wie sonst, und hörte auf zu schmunzeln.

„Was ist los, hast du dich in die Moser vergafft? Ist dir die Liebe eingeschossen?"

„Ich weiß nicht ... irgendwie mag ich sie."

„Mir scheint, dass sie sehr oberflächlich ist. Knapp nachdem der Schimanek ins Gras gebissen hat, hat sie sich nach einem Ersatz umgeschaut. Der Schimanek war ein braver, biederer Konservativer und du bist der rote Rudi, ein bunter Hund, ein Revoluzzer und Querdenker, das Gegenteil von Schimanek. Du solltest vorsichtig sein. Aber mich geht es ja nichts an ..."

„Das stimmt schon. Aber sie ist eine Suchende. Vorm Schimanek hatte sie was mit dem Swoboda, der ja alles andere als ein Konservativer ist. Außerdem waren die wildesten und geilsten meiner Freundinnen politisch immer konservativ. Du kennst ja meine These, dass ihnen das Sündigen mehr Spaß macht, weil ihnen danach mit der Beichte wieder alles vergeben wird."

„Wie schon gesagt, mich geht das ja nichts an, aber wenn

du mich fragst, ich denke nicht, dass Irene Moser eine Frau fürs Leben ist."

„Also, wenn du mir so was unterstellst, dann kennst du mich schlecht."

„Ist ja ok. Vielleicht spricht ja auch nur der Neid aus mir. Eine fesche Frau ist sie und, wie ich deinen Andeutungen entnehme, in mancher Hinsicht auch recht begabt."

„Das kannst du laut sagen, die letzte Nacht war reichlich turbulent. Sollte ich ein Gutachten über ihre Qualitäten abgeben müssen, könnte es lauten: Irene Moser ist überaus talentiert. Speziell in Hinblick auf sexuelle Tätigkeiten."

„Apropos Gutachten, da muss ich dir eine interessante Geschichte erzählen, die ich aufgeschnappt habe. Wenn Weesmann der Ermordete wäre, so wüsste ich auch, wer sein Mörder ist."

„Was meinst du?"

„Nun, Weesmann hat sich in Fachkreisen damit gebrüstet, dass er für ein Forschungsprojekt Schimaneks ein ablehnendes Gutachten geschrieben hat, sodass Schimanek von einem deutschen Förderungsfonds kein Geld bekam."

„Eigenartig ... mir hat er von all dem nichts erzählt, als ich mit ihm gesprochen hab. Ich hatte den Eindruck, dass er Schimanek wissenschaftlich und menschlich schätzt. Wirklich eigenartig!"

„Irgendwie kann ich das schon verstehen. Jetzt, wo Schimanek tot ist, hat Weesmann ein schlechtes Gewissen. Aber es gibt noch eine weitere Geschichte, die ich dir erzählen muss. Du erinnerst dich an die Gerüchte über Frau Holub und Habermann?"

„Was hast du herausgefunden?"

„Eine Bestätigung des Gerüchtes. Ich habe mich mit einem der Nebenfächler unterhalten. Er heißt Gernot. Du kennst ihn nicht. Der hat mir erzählt, dass er die Holub und den Habermann in Gloggnitz, wo er zu Hause ist, zufällig beobachtet hat. Eng umschlungen und öffentlich schmusend. Sie haben ihn nicht gesehen und sind dann ins Hotel zurück, das einem Verwandten von Gernot gehört. Du weißt ja, wie das am Land ist, da ist jeder mit jedem verwandt. Und der hat ihm erzählt, dass sie als Herr und Frau Habermann aus Wien abgestiegen sind und ein langes Wochenende miteinander verbracht haben."

„Da muss Habermann achtgeben, sonst kommt sie ihm bald mit Scheidungsplänen und Heiratsabsichten. Was in seiner beruflichen Situation nicht ohne Risiken ist. Man ist an unserer Uni schnell out, wenn man den moralischen Vorstellungen der anderen nicht entspricht. Das hat nichts mit wissenschaftlicher Qualifikation und all dem Quatsch zu tun, das ist beinhart eine Frage des Nicht-Anpassens. Und seinem Chef die Frau wegzuschnappen, gilt als ehrenrührig."

„Also meine Theorie ist in diesem Zusammenhang folgende: Swoboda hat ja ganz eindeutig gesagt, dass alle außer eben unserem guten Habermann im Hörsaal waren und somit die Gelegenheit hatten, das Gift in die Karaffe zu tun. Gerade der Hauptkonkurrent, der meiner Meinung nach das beste Motiv hätte, nämlich der ehrgeizige Habermann, fällt damit als Mörder aus. Ich frage mich nun, ob nicht die gute Frau Holub an seiner Stelle sich als Giftmischerin betätigt hat. Niemand konnte damit rechnen, dass Irene etwas mit Schimanek hatte und schreien würde. Jedermann hätte geglaubt, Schimanek sei einem Herzanfall zum Opfer gefallen. Wenn Habermann dann Ordinarius geworden wäre, hätte sie es leichter gehabt, ihn für sich zu haben. Allerdings bin ich mir nicht sicher, ob Martina Holub wirklich im Raum war. Swoboda hat, soweit ich mich erinnere, zwar von Holub gesprochen, aber ob er oder sie gemeint war, kann ich nicht sagen. Ich werde ihn kurz anrufen und fragen."

Der Dozent hatte Glück, Swoboda meldete sich schon noch zweimaligem Läuten des Telefons.

„Hallo, Wolfgang, entschuldige, dass ich dich störe, aber ich habe eine dringende Frage an dich. Du hast das letzte Mal erwähnt, dass fast alle im Raum waren, auch Holub, aber ich weiß nicht mehr, ob du damit Professor Holub oder seine Frau gemeint hast."

„Beide waren im Raum, zuerst der Professor und dann seine Frau, die sich, glaube ich, etwas länger im Hörsaal aufgehalten hat."

„Danke! Deine Beobachtungsgabe ist Gold wert. Schönen Abend noch und auf bald."

Zufrieden kehrte er ins Wohnzimmer zurück und lächelte.

„Martina Holub war im Hörsaal. Ich denke, sie könnte unsere Mörderin sein."

„Möglich, aber nicht ganz befriedigend. Wir haben keinerlei Beweise, sondern nur ein Gedankenspiel. Wer könnte wen und warum ermordet haben? Das ist entschieden zu wenig, Leute mit einem Beweggrund und der Möglichkeit haben wir in dieser Geschichte genug. Angefangen bei dir."

„Du beziehst mich also in den Kreis der Verdächtigen mit ein?"

„Du weißt schon, wie ich es meine ... Klarerweise hat die Holub ein viel besseres Motiv als du, aber die von Stürmer, Malcolm, Weesmann oder Swoboda sind ebenfalls mehr oder minder starke Gründe für einen Mord. Ich glaube, wir müssen uns mit der Frage nach dem Gift und dessen Beschaffung auseinandersetzen. Vielleicht kannst du vom Chefinspektor etwas herausbekommen."

KAPITEL 23

Der Dozent grübelte. Was er bisher hatte, war ohne jeden Kern, er hatte eine Reihe von Verdachtsmomenten gegen verschiedene Personen. Aber alles war nebulos, unkonkret, ohne eine Tatsache, die seinen Verdacht bestätigte oder gar den Funken eines Beweises lieferte. Am ehesten war noch die junge Ehefrau des alten Professors verdächtig. Weswegen der Dozent beschloss, als Nächstes Martina Holub zu besuchen. Im Gegensatz zu den anderen, bei denen er vorschützen konnte, dass seine Besuche mit der Berufungskommission zu tun hatten, war es in diesem Fall nicht so leicht. Fast zwei Stunden hatte er am Vormittag mit sich gerungen, ob er Martina Holub zu Hause anrufen sollte oder nicht. Schließlich überwand er sich, es zu tun und zu fragen, ob sie sich mit ihm treffen wolle.

„Ich weiß nicht, ob Sie sich an mich erinnern, aber ich bin Dozent im Orientalistischen Institut, wir haben uns ein- oder zweimal bei Exkursionen der Fakultät gesehen."

„Selbstverständlich erinnere ich mich an Sie, Herr Dozent. Wenn Sie meinen Mann suchen, muss ich Sie enttäuschen. Der ist vermutlich im Institut anzutreffen."

„Nein, ich suche nicht Ihren Mann, sondern würde mich freuen, wenn Sie eine halbe Stunde Zeit für mich hätten. Ich habe mich ein bisschen mit dem Mordfall beschäftigt, dessen Zeuge wir wurden, und würde mich gerne mit Ihnen unterhalten."

„Äh ... sind Sie jetzt bei der Polizei beschäftigt?"

„Nein, ganz im Gegenteil. Ich stehe selbst unter Verdacht."

„Ich weiß nicht so recht ..."

„Liebe Frau Holub, ich kann Sie nicht zwingen, mit mir zu sprechen. Aber ich kann meine Informationen an Chefinspektor Lietzmann weitergeben und ihn bitten, mit Ihnen zu sprechen."

„Welche Informationen wollen S' dem weitergeben? Vielleicht sollten wir das wirklich persönlich besprechen, könnten S' mich heute am Nachmittag besuchen?"

Sie machten einen Zeitpunkt aus, der Dozent ließ sich nochmals die Adresse geben, und als er das Telefon auflegte, hatte er den Eindruck, dass Martina Holub nervös geklungen hatte. Am Nachmittag fuhr er mit der U-Bahn nach Hietzing hinaus, wo die Familie Holub in einer Villa wohnte. Er erinnerte sich daran, dass Holubs Vater ebenfalls Wissenschaftler war, allerdings ein bedeutender Mediziner. Einer, der sicher mehr Geld verdient hatte als der mittlerweile 70 Jahre alte „junge Holub". Der Dozent selbst stammte aus einfachen Verhältnissen und war der Erste seiner Familie, der es zu einem akademischen Grad gebracht hatte. Er musste sich eingestehen, dass er dieses Bildungsbürgertum nicht mochte. Die gesellschaftlichen Beziehungen, das damit verbundene Netz an „Freunderln" sowie die ganze saturierte Atmosphäre waren ihm zuwider.

Das Domizil Holubs übertraf alle seine Erwartungen. Bei der in einem parkähnlichen Garten gelegenen Villa hatte jemand fast alle im Historismus zu findenden Stilarten in einem Gebäude vereint. Das mit Türmchen, gotischen Giebeln, Balkonen und Holzschindeln ausgestattete Haus vermittelte dem Dozenten das Gefühl, dass er zugleich vor einer Ritterburg und einem Schweizerhaus stand – ein amüsantes Spiel bourgeoiser Dekadenz. Er hatte einen kleinen Blumenstrauß für Martina Holub gekauft und klingelte an der Tür, die ihm eine junge Frau öffnete. Nachdem der Dozent seinen Namen genannt hatte, wurde er in den großen, mit Antiquitäten eingerichteten Salon geführt. Er befand sich inmitten all jener bürgerlichen Schrecklichkeiten, die er ablehnte. Mit den Worten „Moment bitte, Frau Holub gleich kommt“, entschwand das offensichtlich ausländische Dienstmädchen, um wenige Minuten später in Begleitung der freundlich lächelnden Dame des Hauses wiederzukommen.

„Grüß Gott, Herr Dozent, kommen S’ doch mit mir nach oben, da ist es gemütlicher, Jadwiga wird uns Kaffee bringen, wenn S’ einen möchten.“ „Gerne“, antwortete der Dozent und folgte ihr in den oberen Stock, in ein kleines, weniger antiquiert wirkendes Zimmer.

„Haben Sie ein Dienstmädchen, das ständig im Haus wohnt, so wie im 19. Jahrhundert?“

„Nein, das können wir uns nicht leisten. Jadwiga ist einige Stunden am Tag bei uns, um den Haushalt in Schuss zu halten und Besorgungen zu erledigen. Das ist schon eine große Erleichterung, wenn man sich um all diese Putzsachen nicht kümmern muss.“

Der Dozent erzählte leichthin, dass er ebenfalls, wenn auch nur einmal in zwei Wochen, eine Frau hätte, die seine Wohnung in Ordnung hielt. Als Jadwiga mit dem Kaffee kam, konnte er es sich nicht verkneifen, sie polnisch anzusprechen. Eine Sprache, die er ganz gut beherrschte. Und er merkte sofort, wie Martina Holub nervös wurde. Hatte sie Angst, er könnte aus dem Dienstmädchen irgendetwas herausbekommen, das sie verbergen wollte? Noch einmal kehrte er mit der Frau des Professors zum Gespräch über den Haushalt zurück. Er schilderte seinen Standpunkt, dass es für jemanden, der berufstätig und hoch qualifiziert ist, wirklich verlorene Zeit sei, Hausarbeit zu machen. Seine Ausführungen schloss er mit der Bemerkung ab, dass man natürlich doppelt so viel Unterstützung in einem großen Haus bräuchte. Und er fügte hinzu, dass die Villa ja ein schönes Beispiel der Architektur des letzten Jahrhunderts sei.

„Wir hängen sehr an diesem Haus, da es vom Urgroßvater meines Mannes erbaut worden ist. Der war ein viel beschäftigter Architekt und Stadtbaumeister, von dem zahlreiche Villen hier im Bezirk stammen. Auf dem Weg her müssten S' ja einige davon gesehen haben."

Ja, dachte der Dozent, einige von diesen Auswüchsen des dekadenten Bürgertums des 19. Jahrhunderts sind mir aufgefallen. Gleichzeitig überlegte er, dass es vielleicht ganz angenehm sein könnte, in so einer Villa mit großem Garten am Stadtrand zu wohnen, wo man mit der U-Bahn aber gleich in der Stadt war. Statt seine Gedanken zu äußeren, fragte er:

„Haben Sie auch so schöpferisch begabte Vorfahren?"

„Nein, mit den schönen Künsten hat sich in meiner Familie niemand beschäftigt, da kommen s' eher aus der naturwissenschaftlichen Richtung."

„Na, dann scheinen Sie aber mit Ihrem Studium der Indologie irgendwie aus der Reihe gefallen zu sein", meinte der Dozent keck.

„Wissen S', mein Vater hat eine kleine Apotheke gleich neben meinem Elternhaus, die ich natürlich übernehmen hätte sollen. Schon als ich ein junges Mädel war, haben mich meine Eltern nach der Schule oft ins Geschäft mitgenommen, wo ich im Verkauf und bei den in einer Apotheke halt so anfallenden Dinge helfen musste. Damit ich mich an den Beruf gewöhn. Dabei hab ich gemerkt, dass das überhaupt nichts für mich ist. Das Mischen von den Cremen und Lösungen hat mir ja ganz gut gefallen, aber das viele Stehen in diesem Beruf ... Nein, das wär nichts für mich. Viel zu anstrengend. Für all das studiert man auch noch lang und ist danach im Endeffekt nur eine bessere Verkäuferin. So hab ich also überlegt, was ich nach der Matura statt Pharmazie inskribieren könnte, und bin auf Indologie gestoßen. Das hat im Vorlesungsverzeichnis so schön exotisch und extravagant geklungen. Ich bin zum Studieren nach München gegangen, dort hat mein damaliger Freund gelebt und außerdem wollt ich mich von zu Haus abnabeln. Meine Eltern sind mir jetzt auch gar nicht mehr bös deswegen. Wir haben ein sehr gutes Verhältnis zueinander. Als ich meinen Mann auf der Uni kenneng'lernt hab – er hat mich ja fast vom Fleck weg geheiratet –, hat er mir gleich gesagt, er wolle nicht, dass seine Frau arbeitet. Ich könne mein Studium fortsetzen, solle mich den schönen Dingen des Lebens widmen und ihm bei unseren zahlreichen Einladungen als Dame des Hauses zur Seite stehen."

Die junge Polin hatte mittlerweile das Zimmer verlassen und nun musste der Dozent zum eigentlichen Grund seines Besuches kommen.

„Ja, gnädige Frau, wie ich schon am Telefon angedeutet habe, stehen wir alle unter Verdacht, Dozent Schimanek getötet zu haben. Auch Sie waren ja bei diesem schrecklichen Probesingen anwesend."

„Ja, der arme Schimanek. Er war noch so jung. Aber ich seh eigentlich keinen Grund, wieso Sie mich unter die Verdächtigen einreihen, ich habe doch gar keinen Grund gehabt, Schimanek umzubringen."

„Das habe ich auch nicht behauptet, aber ich wüsste gerne von Ihnen, welche Beziehungen Sie zu den vier Kandidaten für die Lehrkanzel Ihres Mannes hatten?"

Martina Holub wurde nervös und zündete sich mit leicht zittriger Hand eine Zigarette an.

„Ich kenn alle vier ganz gut, schließlich ist die Indologie ein Fach, bei dem es nur eine Handvoll Spezialisten gibt. Und ich hab natürlich meine Präferenzen. Aber das ist mehr die Sache meines Mannes und der Kommission, nicht wahr?"

„Liebe Frau Holub, verschiedene Gerüchte behaupten, Sie hätten zu den beiden Wiener Kandidaten ... hmm ... sagen wir einmal, eine etwas intensivere persönliche Beziehung unterhalten."

Er hatte den Eindruck, als würde sie eine Sekunde darüber nachdenken, ob sie aufbrausen sollte oder mit der weichen Art, mit dem Erregen von Mitleid weiter kam. Wie auf Befehl füllten sich ihre Augen mit Tränen und aus der sonst so selbstbewussten Frau, wurde ein hilfloses Geschöpf.

„Frau Holub, welche Beziehung hatten Sie zu diesen beiden Männern?"

Blitzschnell änderte Martina Holub ihre Verteidigungsstrategie:

„Was unterstehen Sie sich? Mit welcher Berechtigung stellen Sie mir diese impertinente Frage? Ich werde mich über Sie beschweren Herr Dozent. Sie werden es noch bereuen, dass Sie hierhergekommen sind. Hinaus mit Ihnen."

„Ich gehe, Frau Holub, aber damit werden Sie die Sache nicht los. Es werden andere kommen, Chefinspektor Lietzmann oder einer seiner Mitarbeiter und die können Sie nicht hinauswerfen. Aber Sie können sich ja bei Ihrem Mann über mich beschweren. Er wird sicher auch der Meinung sein, dass mich das Verhältnis zwischen seiner Frau und seinem Assistenten nichts angeht."

„Hinaus!", schrie sie mit überschlagender Stimme, „Verschwinden Sie!"

Er stand auf, verbeugte sich lächelnd und ging, nicht ohne beim Hinuntergehen der jungen Polin einen freundlichen Blick zuzuwerfen. Einem spontanen Einfall folgend, fragte er sie auf Polnisch, wann sie hier Schluss mache, und als sie antwortete „In einer halben Stunde", sagte er:

„Ich warte bei der U-Bahn-Station auf dich."

Er war neugierig, ob Jadwiga kommen würde, vielleicht war sie gesprächiger als ihre Dienstgeberin. Diesmal sah er sich die Villen und ihre prachtvollen Gärten genauer an, mit einer Mischung aus ideologischer Ablehnung des bourgeoisen Lebensstils und dem geheimen Verlangen, in so einer ruhigen, schönen Umgebung wohnen zu wollen. Nachdem er 20 Minuten bei der U-Bahnstation herumgestanden war, sah er die junge Polin kommen. Sie blickte sich einige Male um, so als ob sie nicht sicher war, dass ihre Arbeitgeberin ihr folgen würde.

KAPITEL 24

Jadwiga war nervös und heilfroh, endlich das Haus verlassen zu können. Ihre Chefin hatte sie, als der Gast gegangen war, unangenehmer als sonst mit „Jadwiga dies" und „Jadwiga das" herumkommandiert. Ein Teil ihrer Nervosität hatte mit der Aufforderung des Besuchers zu tun, sie bei der U-Bahn-Station zu treffen. Der Dozent, der sich wie ein Polizist benahm, hatte sie beeindruckt. Sie hoffte, dass er nicht wirklich von der Polizei war. Ihre Aufenthaltspapiere waren zwar in Ordnung, aber als Gastarbeiterin lebte sie immer mit der Furcht, wieder heimgeschickt zu werden. Ihrer Chefin hatte er in der lautstarken Auseinandersetzung ganz schön zugesetzt. Zu ihr war er jedoch sehr nett gewesen. Er sprach gut Polnisch und hatte sie wie eine Gleichgestellte behandelt. Jadwiga fand ihn interessant, seine Stimme war klangvoll und auch ein wenig erotisch. Wenngleich er äußerlich absolut nicht ihr Typ war, hatte er doch etwas an sich, das sie attraktiv fand. Was das genau war, wusste sie nicht. Bisher hatte sie in Wien keinen Mann kennengelernt, der sich für sie, abgesehen von rein sexuellen Avancen, interessiert hätte. Mit dem Dozenten verhielt es sich anders. Er hatte ihr gesagt, dass er sie gerne näher kennenlernen würde. Und sie hoffte, dass er nicht nur an ihrem Körper, sondern auch an ihr als Person interessiert war. Das tat gut. Sie fieberte dem Treffen entgegen und musste sich zurückhalten, um nicht zur U-Bahnstation zu laufen. Schließlich wollte sie nicht verschwitzt und atemlos vor ihm stehen. Gleichzeitig war Jadwiga unsicher, was diese Begegnung bringen würde. Sie schalt sich dafür, Erwartungen zu haben. Vielleicht wollte er von ihr nur etwas mehr über Frau Holub und deren Mann erfahren. Sein Gespräch mit ihrer Chefin war ja nicht sehr zufriedenstellend verlaufen. Sie beschloss, sich nicht allzu viele Gedanken zu machen. Ich werde schon sehen, was passiert, dachte Jadwiga, während sie den Zebrastreifen zur Station Braunschweiggasse überquerte. Gleichzeitig ärgerte sie sich, weil sie ihre Schritte beschleunigte. Der Dozent, der beim Stationseingang auf sie wartete und eine Zigarre rauchte, sprach sie auf Polnisch an:

„Magst du irgendwohin auf einen Kaffee gehen? Ich würde mich gern mit dir unterhalten."

Wieder ertappte sich Jadwiga dabei, dass sie der Mann auf eine eigenartige Weise erotisierte. Sie errötete leicht, als sie antwortete:

„Ich habe gerade Kaffee getrunken, aber wir können ein bisschen spazieren gehen, wenn du willst. Wo hast du so toll Polnisch gelernt? Du kannst die Sprache wirklich gut."

„Weißt du, ich habe mich einmal mit einem Thema beschäftigt, zu dem ich Polnisch lernen musste, und dann habe ich es auch immer wieder geübt, aber ich bin nicht sehr gut in dieser Sprache."

„Du kannst besser Polnisch als ich Deutsch und ich lebe jetzt schon fast zwei Jahre hier."

„Bist du die ganze Zeit bei der Familie Holub gewesen?"

„Seit einem Jahr erst, davor habe ich woanders gearbeitet."

„Und wie gefällt es dir bei den Holubs?"

„Mit Professor Holub habe ich ganz selten zu tun, meist nur mit seiner Frau und die ist launenhaft. Manchmal ist sie sehr nett zu mir und dann wieder ist ihr gar nichts recht. Dich habe ich noch nie hier gesehen. Bist du ein Freund von Frau Holub?"

„Nein, ich bin kein Freund der Familie. Aber du hast sicher von dem Mord an der Universität gehört. Mit dem beschäftige ich mich."

„Bist du von der Polizei? Ich habe geglaubt, du bist an der Universität wie Professor Holub ..."

„Keine Angst, ich bin nicht bei der Polizei. Ich interessiere mich ganz privat für diese Geschichte. Hast du diesen Schimanek, so heißt der Mann, der vergiftet wurde, gekannt?"

„Ja, er war früher oft hier, beinahe täglich. In der ersten Zeit, als ich bei der Familie Holub anfing. Nachmittags, wenn ich um vier Uhr wegging, kam er meistens. Einmal habe ich etwas vergessen und wollte noch einmal zurück ins Haus, aber niemand machte auf, obwohl im Schlafzimmer von Frau Holub Licht brannte. Ich habe mir meinen Teil gedacht. Du weißt ja, wie viel älter der Professor ist ..."

„Die beiden haben etwas miteinander gehabt, dieser Schimanek und Frau Holub?"

„Ich glaube schon. Jedoch, irgendwann im Herbst letzten Jahres kam dieser Mann mittags zu Frau Holub. Sie sind nach oben gegangen, aber – so wie heute mit dir – habe ich gehört, dass sie miteinander stritten. Die lauten Stimmen und der Tonfall deuteten darauf hin. Als er sehr aufgeregt wegging, hat sie ihm nachgerufen: ‚Das werde ich dir heimzahlen, nimm dich in Acht.' Frau Holub hat mir dann einen Pullover von ihr geschenkt und gemeint, ich soll niemand erzählen, was ich gesehen oder gehört habe. Ich hoffe, du verrätst mich nicht."

Ein Schauer überrieselte sie, als sie der Dozent sanft an beiden Oberarmen anfasste und beruhigte:

„Keine Angst, wenn es nicht notwendig ist, um einen Mord nachzuweisen, wird niemand etwas davon erfahren."

Als er sie anschließend umarmte und ihre Hand in die seine nahm, leistete sie keinerlei Widerstand. Offensichtlich mochte sie es, von ihm berührt zu werden. Er drückte sie neuerlich zärtlich an sich und sagte leise:

„Ich glaube, wir sollten nichts überstürzen. Wenn du magst, können wir uns morgen Abend treffen."

„Ja, sehr gerne ...", erwiderte sie, ohne eine Sekunde lang nachzudenken, „Aber morgen Abend muss ich auf das Baby meiner Freundin aufpassen. Doch übermorgen hätte ich Zeit – wenn das bei dir passt."

Er nickte und sie plauderten noch eine Weile, wobei er ihr einige Dinge aus seinem Leben erzählte. Schließlich kam er nochmals auf die Verhältnisse im Hause Holub zu sprechen.

„Hat deine Chefin danach wieder einen Liebhaber gehabt?"

„Seit zirka einem halben Jahr kommt zweimal die Woche am Vormittag oder am frühen Nachmittag ein sportlicher, sehr dünner und ziemlich fescher Mann mit schwarzem Schnurrbart zu ihr. Er sieht fast wie ein Türke aus."

„Das ist eine selten treffliche Beschreibung von meinem Kollegen Habermann. Er ist Marathonläufer und Zehnkämpfer und fast schon skeletthaft dürr. Sein dunkles Haar und sein dunkler Teint lassen einen glauben, dass er Südländer sei. Ich denke, das gefällt ihm, denn er unterstreicht diesen Eindruck durch einen buschigen Schnurrbart. Wie verlaufen seine Besuche, gehen sie auch nach oben?"

„Oft schickt mich die Chefin weg. Ich muss dann Besorgungen machen, die zwei, drei Stunden dauern. Wenn ich aber da bin, sagt sie immer: ‚Wir müssen arbeiten, bitte stör uns nicht.'"

Dabei imitierte Jadwiga geschickt den affektierten Tonfall von Martina Holub, sodass der Dozent lachen musste.

„Aber, wie gesagt, ich verstehe gut, dass eine Frau, die so einen alten Mann hat, ein wenig Abwechslung braucht."

KAPITEL 25

Zu Hause stürzte er sich in die Vorbereitungen für das Abendessen mit Irene Moser. Er hatte schon öfters zwei oder mehrere Freundinnen gleichzeitig gehabt, aber die derzeitigen Begleitumstände erfüllten ihn mit Staunen. Er drehte das Radio auf und schälte in Gedanken versunken das Gemüse für die Frühlingsmorchel-Suppe und bereitete, während diese langsam vor sich hin köchelte, die Blätterteighaube zu, mit der er sie servieren wollte. Für das Tomaten-Sugo des nachfolgenden Nudelgerichts holte er eine Handvoll Basilikum, das in einem Blumenkistchen am Fensterbrett wuchs. Aus der Studentenwohnung gegenüber schallte *„Lonely Boy"* von Johann K. durch den Hinterhof. Sich über den Erfolg dieses Liedes wundernd, bereitete er ein Osso buco mit buntem, von geröstetem Schinken und Champignons überzogenem Reis zu. Als er den dekantierten Wein auf den Esszimmertisch stellte, klingelte es an der Tür. Mit leicht geröteten Wangen umarmte ihn Irene und verschloss mit einem langen Kuss seinen Mund. Ungestüm versuchte sie, ihn schon im Vorzimmer zu verführen, während aus der Studentenwohnung *„I wanna be your sledgehammer ..."* ertönte. Später, nach dem Essen, lagen sie eng aneinandergeschmiegt im Bett. Als er ihr ein Glas Rotwein nachschenkte, lenkte er das Gespräch auf den Mordfall:

„Entschuldige, dass ich schon wieder damit anfange, aber mir ist noch so viel unklar. Du hast doch Schima ... äh Wernfried ... besser gekannt als alle anderen. Was hat er so gemacht? Was war sein familiärer Hintergrund? Hatte er Freunde?"

„Ich weiß nicht. Wir waren immer nur zu zweit. Manchmal bei ihm, manchmal bei mir."

„Du hast also niemals Freunde von ihm kennengelernt?"

„Nein, allerdings ist mir das in meiner Verliebtheit nicht so richtig bewusst geworden. Seit ich aber mit dir über die Sache geredet hab, hab ich nachgedacht. Und nun ist der Gedanke naheliegend, dass er es gar nicht so ernst gemeint hat. Sonst hätte er mich seinem Freundeskreis und seiner Familie vorgestellt, glaubst du nicht auch?"

„Also diesbezüglich darfst du mich nicht fragen. Ich bin radikal familienfeindlich."

„Der Wernfried hingegen war ein ausgesprochener Familienmensch. Er hat immer wieder von seinen Verwandten erzählt und heuer in den Semesterferien war er – ich glaube, ich habe dir das schon erzählt – in Finnland, wo er Verwandte besucht hat. Mir scheint, eine Großmutter war Finnin und er hat auch die Sprache gekonnt. Er war aber nicht nur wegen seiner Verwandtschaft oben, in Helsinki hat er auch in einer Bibliothek gearbeitet. Mit triumphierendem Lächeln erzählte er mir dann, dass er etwas Wichtiges entdeckt habe und dass es sich lohne, auch im Urlaub fleißig zu sein."

„Vielleicht fand er ein Sanskrit-Manuskript, das sich in die Bibliothek nach Helsinki verirrt hat."

„Kann sein, ich weiß es nicht, er hat mir auf meine diesbezügliche Frage keine Antwort gegeben und nur gesagt: Du wirst schon sehen, es wird eine große Sache. Überhaupt war er nach dem Finnlandurlaub völlig verändert. Er kam mir selbstbewusster und ruhiger vor. Andererseits haben sich seine Ängste vor dem Probesingen von Tag zu Tag gesteigert. Ich weiß nicht, wie ich das schildern soll, aber er war sehr beunruhigt in den letzten Tagen."

„Hat er irgendetwas über Martina Holub oder auch über die Beziehung zwischen ihr und Habermann erzählt?"

„Nein, das war ein Thema, das er immer abgeblockt hat. Einmal ist er sogar wütend geworden, als ich ihm im Scherz vorgeschlagen hab, sich statt um mich um Frau Holub zu kümmern. Daraufhin ist er explodiert. ‚Nicht einmal mit einer Feuerzange würde ich dieses Weibsstück angreifen', hat er geknurrt. Als ich einwandte, dass sie doch sehr attraktiv sei, hat er eine richtige Schimpfkanonade losgelassen. Er hat gemeint, sie sei kalt und berechnend und nur auf ihren Vorteil bedacht."

„Hat er dir je etwas darüber erzählt, ob er einmal eine Beziehung mit ihr hatte?"

„Wernfried und Martina Holub? Nein. So wie er über sie gesprochen hat, kann ich mir das nicht vorstellen."

Der Dozent schwieg. Im Augenblick sah er keine Notwendigkeit, sie darüber zu informieren, dass Schimanek mit Martina Holub eine Affäre gehabt hatte. Ein Pantscherl, das seine Karriere gefördert und sein Leben möglicherweise verlängert hätte. Vielleicht wäre dann Habermann beim Probesingen tot umgefallen.

„Woran denkst du? Du bist so geistesabwesend."

„Ach, an nichts Besonderes. Mir ist nur etwas eingefallen. Kannst du dich an die Buddha-Statue erinnern, die Wernfried auf seinem Schreibtisch im Institut stehen hatte? Weißt du, wo diese Figur ist?"

„Du meinst diese kleine Statue in der abhaya-mudra?"

„A ... abaa ... aba ... Was?"

„Ich hab ganz vergessen, dass du ja von einer anderen Fakultät bist. In der indischen Kunst gibt es eine Reihe von Darstellungen des Buddha, die nach der jeweiligen Handhaltung unterschieden werden, und dieser Buddha war in der abhaya-mudra, in der Geste der Schutzverheißung, dargestellt."

Da sieht man wieder, wie wenig die Götter helfen, dachte der Dozent. Weder Schimaneks katholische Gesinnung noch der schützende Buddha hatten seinen Tod verhindern können.

„Ja, das könnte der sein, den ich meine."

„Ist er jetzt nicht mehr dort? Ich glaub, am Tag vor dem Probesingen war der Buddha noch da. Aber beschwören kann ich es nicht."

„Weißt du, woher Wernfried die Statue hatte?"

„Ich hab ihn einmal gefragt, woher er diesen abhaya-mudra Buddha hat. Von einer Indienreise war seine Antwort. Mir ist der Buddha aufgefallen, weil er ganz klassisch ist."

„Hat er ihn einmal schätzen lassen oder einem Fachmann für indische Kunst gezeigt?"

„Er erzählte mir, dass sich ein Sammler dafür interessiert hat und ihm den Buddha gemeinsam mit dem kleinen Elfenbeinding gerne abgekauft hätte. Der Typ soll richtig insistiert haben. Das war anlässlich der internationalen Tagung zum Thema ‚Indische Religionen und ihre Rezeption in Literatur und Kunst', die vor ein paar Monaten im Palais Ferstel stattgefunden hat. Der Typ sagte, dass die Statue nicht besonders wertvoll sei, aber eine annehmbare Nachahmung eines klassischen Originals und er sie deshalb haben wolle. Wer das war, weiß ich leider nicht."

„Und warum hat Wernfried die Statuen nicht verkauft?"

„Vor allem der kleine Tiger hatte es ihm angetan, er war nach dem chinesischen Horoskop ein Tiger. Vermutlich dachte er, dass dieser Tiger ihn beschützt oder so. Wie stark dieser Aberglaube war, kann ich nicht sagen. Aber vielleicht hat er sie vor seinem Tod noch verkauft ... und im Übrigen erwäge ich die Möglichkeit, dich jetzt zu küssen."

Damit unterbrach Irene Moser das Gespräch abrupt. Und mangels Gelegenheit nahmen es die beiden in dieser Nacht auch nicht wieder auf.

KAPITEL 26

Der nächste Tag war Fronleichnam. Einer jener katholischen Feiertage, die in dem vom Dozenten verdammten Konkordat von 1933/34, das die Austrofaschisten abgeschlossen hatten, garantiert waren. Der Dozent und Irene Moser standen spät auf und frühstückten ausgiebig. Irene hatte sich für ein amerikanisches Frühstück entschieden und so gab es Pancakes, Waffles, Scrambled Eggs, Bacon, Würstchen, Ahornsirup und Grapefruits. Am frühen Nachmittag fuhr sie heim, während der Dozent eine Verabredung mit Peter Hassinger im *Kleinen Café* am Franziskanerplatz wahrnahm. Klarerweise kreiste ihr Gespräch um Schimanek, obwohl Peter selbst wenig zu erzählen hatte. Seine Nachforschungen unter den Studenten waren an einem toten Punkt angelangt. Der Dozent erzählte Hassinger von dem, was er von Irene Moser erfahren hatte, sowie von seinem Besuch bei Martina Holub und den Gesprächen mit Jadwiga und Leitner.

„Also, für mich ist die naheliegende Lösung, dass Martina Holub Habermanns wichtigsten Konkurrenten beseitigt hat. Beweis habe ich dafür keinen, aber sie verweigerte ein normales Gespräch und hat mich einfach rausgeworfen."

„Könnte es nicht auch darauf zurückzuführen sein, dass Frau Holub beunruhigt ist, weil sie fürchtet, dass ihr Mann hinter ihre Affären kommen könnte? Muss sie deshalb gleich die Mörderin sein?"

„Du hast schon recht. Martina Holub hat viel zu verlieren. Sollte der alte Holub draufkommen, dass seine Frau mit Schimanek und mit Habermann ein Verhältnis hatte beziehungsweise hat, wird er sich von ihr trennen. Und dann adieu mit ‚Frau Professor hin, Frau Professor her'. Wir kennen doch alle dieses verlogene Getue. Und natürlich auch adieu Sozialprestige, Geld und Villa in Hietzing. Geld dürfte sie zwar selbst genug haben, da ihre Eltern eine Apotheke besitzen. Diese Apotheke ist ein weiteres Argument dafür, dass Martina Holub meine Hauptverdächtige ist. Sie hat Zugang zu Giften und besitzt durch ihre frühere Mitarbeit im elterlichen Geschäft eine gewisse Sachkenntnis. Aber lass mich noch mal zu dem Gedanken zurückkehren, wer was zu verlieren hat, wenn in der Brühe der Intrigen und Affären des Instituts herumgerührt wird. Hat Holub von der Affäre seiner Frau mit Schimanek gewusst? Wie sehr würde dem ehrenwerten Professor Stürmer die Geschichte schaden, die Schimanek aufgedeckt hatte? Gefährdete das seine Position in der Verbindung? Wie wichtig ist diese Studentenverbindung für Stürmer? Hat Malcolm etwas zu verbergen oder wirkt er einfach so geheimnisvoll, weil er aus einem anderen Kulturkreis kommt? Hat er was mit Drogen zu tun oder handelt es sich dabei um Latrinen-Gerüchte? Und Weesmann? Er wurde im Gespräch auffallend nervös, ohne dass ich einen dunklen Fleck in seiner Vergangenheit entdecken konnte."

„Du stellst zwar viele Fragen, mein Guter", bemerkte Hassinger, „aber ich weiß nicht, ob es die richtigen sind."

KAPITEL 27

Am Abend hatte sich der Dozent mit einem befreundeten Paar verabredet, die ihn dazu überredet hatten, mit in die Oper zu gehen. Nun war die Oper nicht gerade das, was er besonders liebte, aber er hatte dennoch zugesagt. In seiner Schüler- und Studentenzeit war er oft auf Stehplatz in der Wiener Staatsoper gewesen. Aber je älter er wurde, desto weniger konnte er etwas mit dieser, wie er meinte, versteinerten Kunstform anfangen. Walter und Ilse hingegen, die er schon lange kannte, liebten die Oper heiß und hatten, gemeinsam mit Ilses Mutter, ein Opernabonnement. Da die alte Dame verhindert war, hatten sie ihn gefragt, ob er nicht Lust hätte, zu Mozarts *Don Giovanni* mitzukommen. Erfreut hatte er zugesagt, weil dies eine seiner Lieblingsopern war. Seine Vorfreude wurde allerdings enttäuscht. Zwar waren die Sänger hervorragend, aber die Inszenierung hatte die Oper „modernisiert", Don Giovanni trat im Nadelstreifanzug auf, was der Dozent nicht schätzte. Als sie das Haus am Ring nach der Vorstellung verließen, trafen sie in der unteren Halle auf Professor Weesmann, der von der Aufführung ganz verzückt war und die Spur eines Lächelns zeigte. Ein Opernliebhaber also, der deshalb nach Wien will, dachte der Dozent und stellte ihm Walter und Ilse vor. Man plauderte ganz unverbindlich, er selbst war recht schweigsam. Denn weder seinen Freunden noch Weesmann gegenüber konnte er seine Meinung über die Staatsoper, die durch ein riesiges Defizit den Staatshaushalt belastete, mitteilen. Ilse hatte an Weesmann Gefallen gefunden und flirtete heftig. Zur großen Überraschung des Dozenten stimmte Weesmann dem von Ilse geäußerten Vorschlag, sie doch noch auf ein Glas Wein in ein nahe gelegenes Lokal zu begleiten, zu. Ilse erzählte alles Mögliche und kam vom Hundertsten ins Tausendste. Von einer Beurteilung einer Aufführung der *Entführung aus dem Serail* kam Ilse auf ihren letzten Urlaub zu sprechen und schilderte in schillernden Farben den Aufenthalt in der Türkei. Dann zeigte sie mit dem Finger auf den Dozenten:

„Für diesen Turkologen da ist das natürlich nichts, der macht ja niemals Urlaub in der Türkei, sondern immer in Italien."

Ehe der Dozent klarstellen konnte, dass die Türkei für ihn aus politischen Gründen als Reiseland problematisch war, fragte Ilse Weesmann, von dem sie herausbekommen hatte, dass er Indologe war, wo er seine Urlaube verbringe:

„Fahren Sie eigentlich nach Indien auf Urlaub oder auf die Malediven oder nach Ceylon?"

„Nee, ich bin ein Europaurlauber. Ich bevorzuge den Norden. Mir ist es in Indien zu heiß, um Urlaub zu machen."

„Letztes Jahr waren wir in Skandinavien", plapperte Ilse munter drauflos, „in Finnland. Das war ganz toll, waren Sie schon dort?"

Der Dozent horchte auf. Irene Moser hatte behauptet, dass Finnland die Ideen Wernfrieds – er ertappte sich dabei, auch schon den Vornamen Schimaneks zu verwenden – so verändert hatte.

„Ja, Finnland ist landschaftlich großartig, aber sprachlich tut man sich schwer, da ist mir Schweden schon lieber. Doch am liebsten habe ich die Nordsee. Letztes Jahr war ich in einem kleinen Badeort in der Nähe von Wittdün auf der Insel Amrum."

Nun befragte Ilse Weesmann über seine Pläne und begann über die Berufungsgeschichte zu sprechen. Der antwortete kühl:

„Für mich ist das ja alles nicht so dramatisch. Ich bin schließlich Professor in Marburg, wo es mir ganz gut geht. Ich weiß gar nicht, ob die Österreicher mir ähnliche Bedingungen bieten können, aber andere scheinen so fasziniert von diesem Lehrstuhl zu sein, dass sie sogar einen Toten in Kauf nehmen."

Während der Dozent mit einem Ohr der Diskussion über den Mord zuhörte, dachte er über Weesmann nach. Warum betonte der schon wieder, wie wenig Interesse er am Wiener Lehrstuhl hatte? Ilse, die eine gute Detektivin abgegeben hätte, da sie ähnlich wie Miss Marple drauflos plauderte, sodass dem Gesprächspartner gar nicht der Verdacht kam, verhört zu werden, fragte Weesman, wer seiner Meinung nach der Mörder sei.

„Ich möchte niemanden verdächtigen, das steht mir auch gar nicht zu. Aber ich tippe auf jemand aus der Wiener Indologenszene – wenn ich mich mal so ausdrücken darf. Im Übrigen denke ich, dass die Konkurrenz um einen Lehrstuhl kein Motiv ist, jemanden umzubringen. In Verbindung aber mit anderen Konflikten, die jedoch nur zwischen den Wiener Kollegen bestehen können, hätte das der Auslöser gewesen sein können."

Der Dozent dachte darüber nach und konnte sich des Eindrucks nicht erwehren, dass der Deutsche den Finger auf einen wunden Punkt gelegt hatte. Spielte es eine Rolle, dass die Beziehung zwischen Martina Holub und Schimanek im Streit zu Ende gegangen war? War Hass im Spiel? Was könnte Weesmanns zusätzliches Motiv gewesen sein? Und dann fragte er ganz unverfroren:

„Hatten Sie Konflikte mit dem Kollegen Schimanek?"

Diesmal brauste Weesmann nicht auf, sondern brachte so etwas wie ein Lächeln zusammen:

„Ich glaube, Ihnen wäre es am allerliebsten, ich oder Malcolm wären der Mörder. Dann könnten Sie sagen, es war ein Ausländer, und Ihre Welt wäre wieder in Ordnung. Aber ich muss Sie enttäuschen, ich hatte keine Konflikte mit Schimanek."

„Vielleicht aber er mit Ihnen. Wusste er von Ihrem Gutachten, das den Forschungsförderungsfonds dazu brachte, seinen Projektantrag abzulehnen?"

Weesmann wurde blass und begann zu stottern:

„Also, das ist doch ... Ich habe das Projekt ablehnen müssen, es war unhaltbar. Kein Mensch hätte das ... Ich meine, die Forschungsarbeit war für zehn Leute nicht zu bewältigen. Ich habe das ja gut gemeint mit Schimanek, er sollte einfach nochmals überdenken, dass es so nicht gehen kann. Man muss bei diesen Projekten genau überlegen, was man machen möchte, und Schimaneks Antrag war einfach unausgereift."

„Haben Sie mit ihm persönlich diese Frage diskutiert, wenn Sie schon die Geheimhaltungspflicht über die Gutachtertätigkeit verletzt haben und es allen möglichen Leuten erzählten?"

„Nee, hab' ich nicht."

„Ich dachte, Sie hatten ein freundliches, fast freundschaftliches Gespräch mit ihm am Abend vor seinem Tod?"

Jetzt fuhr Ilse charmant lächelnd dazwischen:

„Aber, meine Herren, ich bitte Sie, wer wird denn streiten? Es ist doch so ein netter Abend, nach so einer großartigen Aufführung ..."

KAPITEL 28

Freitag am Nachmittag machte sich der Dozent auf den Weg zu seinem Rendezvous mit Jadwiga. Sie hatten sich im *Café Museum* verabredet, das Jadwiga, die direkt von ihrer Arbeit bei den Holubs kam, mit der U-Bahn leicht erreichen konnte. Da der Dozent ein für ihn hinterlegtes Buch abholen wollte, entschloss er sich, nicht mit der Straßenbahn den Ring entlangzufahren, sondern zu Fuß durch die Innere Stadt zu gehen. Als er aus der Buchhandlung herauskam und den Graben überqueren wollte, sah er Malcolm auf der anderen Straßenseite. Er ging auf einen Mann zu, der aus dem Eingang eines exklusiven Herrenbekleidungsgeschäfts heraustrat und noch eigenartiger wirkte als Malcolm. Der kräftig gebaute, um nicht zu sagen dicke Mann war so um die 40 und hatte ein feistes Gesicht, das von einem pechschwarzen Bart umgeben war. Er trug trotz der frühlingshaften Temperaturen einen langen schwarzen Mantel, dessen Revers in einem rot und blau gemusterten Stoff ausgeführt war. Dazu hatte er einen grellen Schal um den Hals gelegt, der alle jene Farben enthielt, die sich auch in der Strickmütze auf dem Kopf der seltsamen Gestalt wiederfanden. Die beiden Männer begrüßten einander so als wären sie alte Freunde und begannen ein angeregtes Gespräch. Der Dozent verweilte einige Minuten in seiner beobachtenden Position im Schatten der Pestsäule. Er sah, wie der skurril gekleidete Mann einen Gegenstand aus der Manteltasche zog und ihn Malcolm zeigte, der ihn verzückt betrachtete. Der Dozent setzte seinen Weg durch die Innere Stadt fort und wunderte sich zum wiederholten Male über den indischen Kollegen. Eines schien jedoch klar zu sein: Malcolm beschäftigte sich in Wien nicht nur mit dem Probesingen, sondern auch mit anderen Dingen.

KAPITEL 29

So wie vor dem ersten Treffen war Jadwiga auch diesmal nervös. Ihre Armbanduhr, auf die sie dauernd blickte, zeigte schon einige Minuten nach halb sieben und der Dozent war immer noch nicht da. War er aufgehalten worden oder steckte er in einer Straßenbahn, die irgendwo nicht weiterkam, weil jemand falsch parkte? Oder würde er gar nicht kommen, weil er sich die Sache überlegt hatte? Das wäre schade. Er hatte nicht so gewirkt, als ob er sie als Ausländerin, die aus dem Osten kam, geringschätzte. Und das, obwohl er sie hier als Dienstmädchen kennengelernt hatte und nicht als fertig ausgebildete Lehrerin, die sie in Polen war. Aber vielleicht hatte er sich auch nur gut verstellt. Jadwigas Befürchtungen verflogen, als sie sah, wie der Dozent nach ihr suchend durchs Café schritt. Rudi – mittlerweile kannte sie seinen Vornamen – entschuldigte sich für seine Verspätung, bevor er sie nach polnischer Sitte dreimal auf die Wangen küsste. Er nahm neben ihr Platz und bestellte für sie eine Melange und für sich einen kleinen Schwarzen, bevor er sie fragte, wie ihr Tag gewesen war. Danach wurde das Gespräch, in dem der Dozent ein paar Geschichten aus seinem Leben erzählte und dabei etliche Pointen setzte, immer persönlicher. Jadwiga lachte viel und ihre innere Anspannung löste sich. Als der Dozent ihr vorschlug, das Treffen auszudehnen, vermutete sie kurz, er würde sie nach Hause abschleppen. Doch erfreulicher Weise machte er den Vorschlag, einen Heurigen zu besuchen. Wenn er gleich mit der Tür ins Haus gefallen wäre, wäre er nicht anders als jene Männer gewesen, die sie bisher in Wien kennengelernt hatte. Sie fuhren von der Oper mit dem D-Wagen nach Nussdorf, wo es, wie der Dozent meinte, einige Lokale gab, die nicht so touristisch verseucht waren wie jene in Grinzing. Das war etwas, das sie nicht beurteilen konnte. Sie hatte bisher weder einen Heurigen in Grinzing noch einen in Nussdorf besucht. Sie musste schauen, dass ihr Gehalt für die Miete ihrer Einzimmerwohnung mit WC am Gang sowie für die notwendigsten Dinge des täglichen Bedarfs reichte. Ihre Arbeitgeber hingegen fuhren oft nach Döbling in ein Restaurant namens *Eckel*. Bei solchen Abendessen betrank sich ihre Arbeitgeberin meist so sehr, dass sie den nächsten Tag immer im Bett verbrachte. In Nussdorf angekommen, ließ sie sich von Rudi überreden, einen Tisch im Freien zu nehmen. Sie war aufgrund der Medienberichte über die Explosion des Kernkraftwerks in Tschernobyl und über die auch nach Österreich gekommene radioaktive Wolke sehr verunsichert. In den letzten Wochen hatte sie sich große Sorgen um ihre Eltern und ihren Bruder in Tarnów gemacht, da ihre Heimatstadt noch viel näher beim Unglücksort lag als Wien. Nach Rudis Argument, dass es Entwarnungen durch die Ärzte gegeben habe und jene einen Aufenthalt an der frischen Luft für ungefährlich hielten, saßen sie schließlich in dem von alten Bäumen beschatteten Garten des *Schübl-Auer*. Bei Schweinsbraten, Faschiertem und Erdäpfelsalat, die sie sich vom Buffet geholt hatten, genossen sie den lauen Frühlingsabend und sprachen dem Wein kräftig zu. Jadwiga erzählte von ihrer Kindheit und Jugend im kommunistischen Polen. Da sie mittlerweile wusste, dass Rudi ein Linker war, polemisierte sie nicht gegen das kommunistische System, was viele ihrer Landsleute taten. Sie schilderte, wie sie als Lehrerin in einer Volksschule gearbeitet hatte. Von dem Gehalt, das man als Lehrerin in Polen bekam, konnte man halbwegs gut leben, solange man die Lebenshaltungskosten mit einem Partner teilte. Anfangs hatte sie gezögert, dem Dozenten zu viel über sich zu berichten, aber schließlich erzählte sie über ihr früheres Leben in Polen. Als sie

22 Jahre alt gewesen war, hatte sie geglaubt, mit Olek den Mann ihres Lebens gefunden zu haben. Sie waren verlobt gewesen und hatten zwei Jahre zusammengelebt, mit ihren beiden Gehältern konnten sie sich eine kleine Wohnung in Krakau leisten. Doch die große Liebe hielt nicht lange. Der Alltag und die Sorgen um das Einkommen belasteten das Zusammenleben, und schließlich verabschiedete sich Olek, der „Mann ihres Lebens", mit einer wenig erbaulichen Szene. Das Ende der Beziehung zu ihrem Verlobten hatte für sie nicht nur eine persönliche, sondern auch eine finanzielle Krise mit sich gebracht. Als sie dann bei einem Besuch zu Hause eine ehemalige Schulfreundin traf, die ihr erzählte, dass sie nach Wien gegangen war und als Putzfrau so viel verdiente, dass sie auch ihre Eltern finanziell unterstützen konnte, beschloss sie, nach Österreich zu gehen. Letztendlich war sie bei den Holubs gelandet, wo es ihr zwar nicht blendend, aber im Prinzip ganz gut ging.

Rudi erzählte ebenfalls von seiner Kindheit und Jugend. Dann sprach er offen über seine stets wechselnden Partnerinnen. Es kam ihr so vor, als ob er versuchte, sie davor zu warnen, sich mit ihm einzulassen. Offenbar hatte er Sorge, dass sie sich zu fest an ihn klammern könnte.

„Keine Angst, ich will dich nicht heiraten, weder wegen der Staatsbürgerschaft noch wegen sonst irgendetwas. Ich habe dich vom ersten Augenblick an sehr lieb gefunden. Wenn du Zeit und Lust hast, mich gelegentlich zu sehen, wäre es schön, aber ich werde dir nie eine Last sein."

Danach sprach er sie nochmals auf die Geschichten im Hause Holub an. Jadwiga schilderte ihm ein weiteres Mal die häufigen Besuche Habermanns in der Hietzinger Villa. Sie konnte ihm sogar genaue Zeiten nennen, die er mit den Abwesenheiten von Professor Holub vergleichen konnte, sollten bei ihm noch Zweifel an der Art der Beziehung zwischen dem Habermann und Martina Holub bestehen. Sie erinnerte sich auch noch an ein Gespräch zwischen Habermann und Martina Holub, das sie teilweise mitgehört hatte.

„Sie haben über eine Nachfolge gesprochen" – das Wort Nachfolge sagte sie auf Deutsch, da sie nicht genau wusste, um was es dabei ging, und keine falsche Übersetzung ins Polnische machen wollte – „und Frau Holub hat gesagt ‚Wir werden es schaffen. Du musst diese Nachfolge bekommen. Ich werde alles tun, damit du zufrieden bist. Vertraue mir einfach, ich schau auf dich' oder so ähnlich."

„Deine Arbeitgeberin kann einerseits gemeint haben, dass sie sich hinter ihren Mann klemmen wird, was sie ja auch getan hat, andererseits aber auch, dass sie Schimanek, aus dem Weg räumen wird."

Jadwiga nickte zustimmend und starrte begehrlich auf die in weiße und dunkle Schokolade getunkten Obstspieße, die eine Frau an den Nachbartischen anbot. Rudi winkte die Verkäuferin herbei und fragte, welchen sie haben wolle. Sie entschied sich für einen Bananen- und einen Erdbeerspieß. Er bezahlte die süßen Köstlichkeiten und kam wieder auf die Holubs zu sprechen:

„Du hast mir letztes Mal erzählt, dass die Beziehung zwischen Martina Holub und Schimanek plötzlich in Brüche gegangen ist. Du weißt nicht, worum es bei diesem Streit gegangen ist?"

„Nein, leider, ich habe keine Ahnung, doch das Ganze hat Frau Holub extrem mitgenommen. Sie war sehr traurig. Vor ihrem Mann versuchte sie das allerdings zu verbergen. Wenigstens hat sie dann bald nicht mehr solche Magenprobleme gehabt, wie in den Tagen vor und nach dem Streit."

„Sie hat Probleme mit dem Magen gehabt? Na ja, wenn ich als Frau eine Affäre mit dem Schimanek gehabt hätte, wär mir auch schlecht geworden."

„Mach nicht so gemeine Witze. Weißt du, ich habe mir damals gedacht, dass Frau Holub schwanger ist. Wenn ich ihr das Frühstück gebracht habe, hat sie kaum etwas davon gegessen und ist danach sofort aufs Klo verschwunden. Zu Mittag und auch später am Tag hatte sie aber wieder normalen Appetit."

„Du hältst es für möglich, dass Martina Holub schwanger war?"

„Naja, ich habe mir das sicherlich nur eingebildet. Meine Freundin, die auch in Wien lebt und von der ich dir erzählt habe, hat vor Kurzem ein Baby bekommen. Das, auf das ich gestern aufgepasst hab. Die ersten Anzeichen ihrer Schwangerschaft waren, dass ihr in der Früh schlecht war und dass ihre Brust größer geworden ist. Beides ist mir auch bei Frau Holub aufgefallen. Die hat ja sonst einen eher kleinen Busen. Aber vergiss das, ich hab mich bestimmt geirrt."

„Aber was ist, wenn du dich doch nicht getäuscht hast? Böse Zungen behaupten, dass ihr Mann zeugungsunfähig ist. Also schließe ich Ihren Ehemann als Kindesvater aus. Martina Holubs Schwangerschaft scheint kurz nach dem Streit mit Schimanek frühzeitig beendet worden zu sein. Hat Schimanek kalte Füße bekommen? Wenn sie sich wegen ihm und einem gemeinsamen Kind von ihrem Mann getrennt hätte, wären seine Chancen auf dessen Nachfolge erheblich gesunken. Falls Schimanek deswegen Martina Holub verlassen hat, muss sie das sehr geschmerzt haben. Einerseits, weil Schimanek in dieser Situation nicht zu ihr stand, und andererseits, weil sie das Kind nicht behalten konnte. Hatte sie eine Fehlgeburt oder eine Abtreibung? Eine Abtreibung, falls sie eine hatte, ist ja emotional keine einfache Sache. Noch dazu, wenn man die Schwangerschaft gerne fortsetzen würde. Grund genug, um Schimanek gewaltig zu hassen."

KAPITEL 30

Da er viel Arbeit hatte, verging der nächste Tag wie im Flug. Neben seinen Studien, der Erledigung von Korrespondenz und der kalmierenden Beratung einer Studentin, die mit ihrer Dissertation nicht vorankam, wanderten seine Gedanken immer wieder zum Mordfall. Der Dozent erinnerte sich an die Begegnung zwischen Malcolm und dem eigenartig gekleideten Menschen und es fiel ihm eine Passage aus den Gesprächen mit Jadwiga ein. Sie hatte ihm erzählt, dass eine Woche zuvor ein exotisch aussehender Mann bei ihrer Chefin zu Besuch gewesen war. Jemand, der, obwohl normal gekleidet und ohne Turban, doch wie ein Inder ausgesehen hat. Er war von ihrer Arbeitgeberin mit Doktor Malcolm angesprochen worden. Malcolm war eine halbe Stunde geblieben und hatte ein kleines Päckchen mitgehabt, das er beim Hinausgehen nicht mehr bei sich trug. Der Dozent konnte nicht abschätzen, ob diese Information wichtig war oder nicht. Aber die Tatsache, dass Malcolm Martina Holub zu Hause besucht hatte, gab ihm zu denken. Außerdem belustigte ihn die Vorstellungen, dass diese mit allen vier Bewerbern ein Verhältnis hatte oder gehabt haben könnte, um nach dem Tod ihres Mannes weiterhin Frau Professor zu bleiben. Martina Holub würde dann Frau Professor Habermann, Schimanek, Weesmann oder Malcom sein. Das waren aber nicht die einzigen Gedanken, die den Dozenten an diesem Tag von seiner Arbeit ablenkten. Auch die Frage, ob Irene Moser oder diese zärtliche Polin ihn mehr anturnte, beschäftigte ihn. Für gewöhnlich war sein Motto: Sowohl Hummer als auch Steak sind gut, das eine schließt das andere nicht aus. Man hat an unterschiedlichen Tagen eben einen unterschiedlichen Gusto. Diesem beim Essen als nicht unmoralisch empfundenen Grundsatz hatte er bisher auch in seinem Sexleben gehuldigt. Dazu fiel ihm die russische Feministin Alexandra Michailowna Kollontai ein, die Lenins bürgerliche Moralvorstellungen erschütterte, indem sie die „Glas-Wasser-These“ vertrat. In der klassenlosen revolutionären Gesellschaft, so meinte sie, werde man Sexualität dann genießen, wenn es einen danach gelüstet. So wie man ein Glas Wasser trinkt, wenn man durstig ist. Er für seinen Teil beschloss. die klassenlose Gesellschaft in diesem Punkt vorwegzunehmen.

KAPITEL 31

Am Wochenende machte sich Lietzmann aufgrund des Tipps eines burgenländischen Kollegen nach Andau im Seewinkel auf. Die dort stattfindende Weinverkostung sollte eine Reise wert sein. Er hatte sich ein Zimmer im Ort gemietet, sodass er, ohne sich Gedanken wegen der Heimfahrt machen zu müssen, ausgiebig verkosten konnte. In letzter Minute hatte er dann seinen VW-Käfer zu Hause stehen gelassen und war mit Bahn und Autobus in den kleinen Ort gegondelt. Der Himmel war klar, die Temperatur erträglich, weit und breit war keine Wolke zu sehen. Auf einem großen Platz standen die Tische der Hauer, an denen sie ihre Weine ausschenkten. Es spielte eine Blasmusikkapelle, die ihn nur wenig begeisterte. Im Laufe des Abends fand dann auch die Wahl der „Miss Haideboden" statt. Eine etwas peinliche Veranstaltung. Es wimmelte von Menschen, die aus den Dörfern der Umgebung, aber auch aus Wien angereist waren. Lietzmann dachte mit Schrecken daran, wie viele betrunkene Männer unterwegs sein würden oder ihren Frauen, die niemals sonst ans Steuer gelassen wurden, die Heimfahrt überließen. Er wanderte von Stand zu Stand und kostete vor allem Blauburgunder. Dabei schnappte er den einen oder anderen Gesprächsfetzen der Einheimischen auf. Man merkte, dass sie alle, wie am Land üblich, über sechs Ecken miteinander verwandt waren. Die Leute unterhielten sich blendend, lachten viel und je später es wurde, desto weniger artikuliert klangen ihre Gespräche. Nach einiger Zeit, es war bereits früher Abend, stellte Lietzmann fest, wie sehr auch ihm bereits der Wein zu Kopf gestiegen war. Sein Magen benötigte dringend eine Unterlage. Als er sich umwandte, um nach etwas Essbarem Ausschau zu halten, vermeinte er, einige Stände weiter den Dozenten zu erblicken. Jetzt bin ich schon ganz blöd, dachte er, und sehe Gespenster. Doch als er ein zweites Mal hinsah, wurde ihm klar, dass es kein Gespenst, sondern tatsächlich der turkologische Weinliebhaber war, der da in einigen Metern Entfernung stand. Der Dozent hatte ihn ebenfalls entdeckt und zögerte zwischen den Möglichkeiten, entweder zu ihm hinüberzukommen oder so zu tun, als hätte er ihn nicht gesehen. Auch Lietzmann wusste zunächst nicht, wie er die Situation handhaben sollte. Nach kurzem Zögern ging er auf den Dozenten zu. Sie begrüßten einander freundlich und begaben sich zu einem der freien Stehtische, wo ihr Gespräch vorerst in den Bahnen eines Small Talk verlief. Ausgehend von den am Veranstaltungsort angebotenen Sorten unterhielten sie sich über Weine. Dabei erfuhr Lietzmann, dass der Dozent ebenfalls hauptsächlich Blauburgunder verkostet hatte. Sie diskutierten über Vor- und Nachteile der jeweiligen Tröpfchen und sprachen bald auch ganz allgemein über kulinarische Themen. Lietzmann und der Dozent entdeckten, dass es zahlreiche Übereinstimmungen bei ihren Vorlieben gab. Manches von der Verkrampfung zwischen den beiden löste sich nun. Der Dozent erzählte von seinen Ferienreisen nach Italien und ihr Gespräch wurde immer intensiver und persönlicher. Lietzmann ertappte sich bei dem Gedanken, dass ein außenstehender Beobachter wohl nie auf die Idee gekommen wäre, hier eine Unterhaltung zwischen einem Chefinspektor und einem Verdächtigen zu beobachten. Im Laufe des Abends erzählte er dem Dozenten unter anderem auch, dass er aus einem sozialdemokratischen Elternhaus stammte. Der Dozent, von dem er annahm, dass er die meisten Polizisten von ihren politischen Einstellungen her entweder in Schwarze oder Blaue einteilte, verwies auf sein Schicksal und das einer ganzen Generation von Linken in der Partei, die mit der neuen SPÖ nicht zurechtkamen.

Lietzmann stimmte ihm zu und stellte fest, nicht so weit von diesen Ideen entfernt zu sein. Als sie schließlich beim Mordfall Schimanek landeten, war die Atmosphäre völlig entspannt. Der Chefinspektor hörte, was der Dozent so alles erfahren hatte und weshalb sich dessen Verdacht in Richtung Holubs Frau erhärtet hatte. Das traf sich sehr gut mit seinen Ermittlungen, denn sein Interesse konzentrierte sich ebenfalls auf Martina Holub:

„Von mehreren Seiten haben wir über die Beziehung der guten Frau zum möglichen Nachfolger ihres Mannes gehört. Es könnte sein, dass sie die Chance nützte, einen der wichtigsten Gegenspieler ihres Geliebten auszuschalten. Wenn Sie nun sagen, dass eventuell auch persönliche Rachegefühle einer Ex-Geliebten eine Rolle spielen könnten, so macht das die Sache noch wahrscheinlicher."

„Das Problem ist, dass weder Sie noch ich irgendwelche Beweise haben. Das trifft übrigens auf fast alle zu, die in diese Sache verwickelt sind, letztlich auch auf mich, wie Sie wissen."

„Tja", meinte Lietzmann, „angesichts der Tatsache, dass ich mich in Gesellschaft eines potenziellen Mörders befinde, fühle ich mich ganz wohl. Aber Sie haben völlig recht, der Verdacht gegen Martina Holub ist hypothetischer Natur."

KAPITEL 32

Der Montag begann schrecklich. Am liebsten wäre der Dozent sofort wieder nach Hause gegangen und in sein Bett zurückgekehrt. Was konnte aus einer Woche mit einem solchen Anfang schon werden? Was war eine schwarze Katze, die einem von links über den Weg lief, im Vergleich zu einer morgendlichen Begegnung mit Professor Stürmer? Wenige Dinge verdarben ihm die Laune so sehr wie der Anblick dieses Mannes. Unter Aufbringung allergrößter Selbstbeherrschung brachte er es fertig, Stürmer nicht zu ohrfeigen, sondern halbwegs freundlich zu bleiben, als er mit ihm auf der Stiege des Neuen Institutsgebäudes zusammentraf. Der Professor war ein großer Mann, grauhaarig und honorig. Aber etwas in seinen Zügen ließ vermuten, dass sich seine Umgänglichkeit in Grenzen hielt. Er zeigte sich immer tadellos gekleidet, in Anzügen, die nach Maß gefertigt wurden. Über seinen in einer Wäscherei gereinigten, gestärkt und gebügelten Hemden trug er meist noch eine Weste, sogar im Sommer. Stürmer verkörperte in der Erscheinung so ziemlich das Gegenteil des Dozenten, dessen Kleidung zwar sauber und gepflegt – er verabscheute jene Linken, die glaubten, man müsse schmutzig sein, um als Linker zu gelten –, aber wenig elegant war.

„Guten Morgen, Herr Kollege“, begrüßte ihn der Professor scheinheilig, „schreckliche Dinge sind das, die uns hier passieren, nicht wahr? Der arme Schimanek, ich kann es noch immer nicht fassen, so ein talentierter junger Gelehrter.“

Ohne Scheu kam ihm dieses eigenartige altertümliche Wort über die Lippen, das aus dem tiefsten 19. Jahrhundert stammte. Der Dozent verstand sich keineswegs als Gelehrter. Gedanklich schrieb er diesen Begriff immer als „Geleerter“, wobei er sich selbst als „Gefullter“ sah.

„Die Vorstellung, dass jemand Gift in die Karaffe getan hat, um Schimanek umzubringen, werde ich nicht los“, fuhr Stürmer fort, „noch dazu, wo ich selbst von dem Wasser getrunken habe.“

„Sie haben von dem Wasser der Karaffe getrunken?“

„Ja. Ich ging in den Raum, als noch alle vor der Tür standen, sah die Karaffe mit den Gläsern und habe mir einen Schluck Wasser eingeschenkt. Schließlich war eines der beiden Gläser ohnehin für mich gedacht. Ich führte ja, wie Sie wissen, den Vorsitz in dieser Kommission. Aber das Gift kann erst nachher in die Karaffe gekommen sein, sonst wäre ich das Opfer geworden.“

Nun, die Wahl fällt einem zwar schwer, dachte der Dozent, aber der irrtümliche Tod Stürmers wäre doch sehr begrüßenswert gewesen. Für den Bruchteil einer Sekunde malte er sich aus, wie jener vom Wasser trank und tot zu Boden stürzte. Oder besser noch: sich in minutenlangen Krämpfen wand. Dann sinnierte er über den Nachruf, den er am offenen Grab hätte halten können. Genüsslich die Verdienste des Verstorbenen auf dem Gebiet der Intrige, Dummheit, Arroganz und Menschenverachtung hervorhebend. Aber noch stand Stürmer lebend vor ihm und redete auf ihn ein, ohne dass er zugehört hatte:

„... denke ich doch, dass wir die Ausschreibung nicht noch einmal durchführen müssen, da der Kreis der Kandidaten ja überschaubar ist.“

„Ich habe keine Ahnung, wie sich das formalrechtlich verhält. Ich glaube, dass es eher eine moralische Frage ist, ob man noch einmal ausschreibt oder so tut, als wäre nichts geschehen.“

„Letzteres hat was für sich. Wir würden uns aber sehr viel Mühe ersparen, wenn wir einfach da weitermachen, wo wir stehen geblieben sind. Die Zahl der qualifizierten Indologen ist an zwei Händen abzuzählen und die für Wien infrage kommenden buchstäblich an einer Hand. Bei uns ist es nicht so wie in anderen Fächern. Mir hat erst neulich ein Kollege von den Historikern erzählt, dass für einen Lehrstuhl für neuere Geschichte über 60 Bewerbungen eingegangen sind. Darunter habilitierte Soziologen, Politologen, Pädagogen und Philosophen. Vor allem sind es die Deutschen, die sich überall bewerben, da sie nach der Habilitation auf den freien Markt angewiesen sind. Sie wissen ja, in Deutschland wird man nach der Habilitation nicht – so wie bei uns – in ein dauerndes Dienstverhältnis übernommen. Es wäre auch hier besser, wenn nicht alle diese Nichtstuer die Assistenposten versitzen würden."

Stürmer hielt eine Sekunde inne und murmelte dann:

„Oh, Entschuldigung. Das war natürlich nicht auf Sie gemünzt, Herr Kollege."

Der Dozent antwortete verärgert:

„Sie sind nicht unter ihresgleichen, wenn Sie mit mir sprechen. Das übliche Gewäsch zwischen Professoren sollten Sie sich für jene Gelegenheiten aufsparen, wo es angebracht ist."

„Also ich muss schon bitten, Herr Doktor! Ich verbitte mir diesen Ton."

„Ich habe mit diesem Ton nicht begonnen. Sie haben angefangen, auf die Dozenten, ohne die unsere Universität zusammenbrechen würde, zu schimpfen. Schauen Sie sich doch die Statistik an, wie viele Lehrstunden in diesem Haus von uns gehalten werden und wie wenige von den Ordinarien. Von der Qualität will ich gar nicht reden, denn dann müssten sich die Professoren einfach nur schämen und verstecken."

Nachdem Stürmer mehrmals angesetzt hatte, etwas zu entgegnen, merkte er, dass er in einer Diskussion den Kürzeren ziehen würde. Er drehte sich um und ging ohne ein

Wort davon. Der Dozent blieb wutentbrannt zurück. Dass der großartige Herr Professor seit vielen Jahren kaum etwas publiziert hatte und seine Vorlesungen jede Form von Schlafstörung sofort behoben, wusste jeder. Als er die Stiegen zum Institut hinaufstieg und sein Zorn langsam verrauchte, stellte er fest, dass seine Nachforschungen um einen Schritt weitergekommen waren. Stürmer hatte vom Wasser getrunken. Somit konnte nur jemand, der nachher den Hörsaal betreten hatte, der Mörder respektive die Mörderin sein. Hatte ihm Swoboda eine genaue Reihenfolge der Menschen, die in den Raum gegangen waren, genannt? Er konnte sich nicht mehr erinnern und so beschloss er, sich nochmals mit Swoboda zu unterhalten. Er stellte mit Bedauern fest, dass sich seine zwischenmenschlichen Beziehungen durch die Ermittlungen sehr verschlechtert hatten. Sein Freund Hassinger hatte eigenartig auf die Beziehung mit Irene Moser reagiert. Sein Gesprächsklima mit dem Studentenvertreter Swoboda war schlecht. Mit Weesmann und Malcolm hatte es unfreundliche Töne gegeben. Und sein bisher unterschwellig feindliches Verhältnis zu Stürmer war zu einem offenen Krieg geworden.

KAPITEL 33

Er hatte den ganzen Tag über gezögert, Swoboda wegen der Frage, wer vor oder nach Stürmer in den Hörsaal gegangen war, anzurufen. Zwar war ihr letztes Gespräch am Telefon harmlos verlaufen, aber irgendwie wurde er das Gefühl nicht los, dass seit ihrem Treffen im *Café Merkur* eine Verstimmung vorhanden war. Umso mehr erstaunte es ihn, als ein strahlender Swoboda in seinem Zimmer auftauchte.

„Gratuliere! Du musst Stürmer ja mächtig ans Bein gepinkelt haben, so wie der schäumt. Er erzählt allen, die es hören wollen, und auch jenen, die es nicht hören wollen, dass du ihm heute Morgen ganz frech gekommen bist. Stürmer ist außer sich, so habe ich ihn noch nie erlebt. Er hat gesagt, dass du das noch bereuen wirst."

„Schön, dass er sich so ärgert. Eigentlich hat er mit dem Streitgespräch begonnen und auf die Dozenten, die ihm ein Dorn im Auge sind, geschimpft. Was die Rache dieses geistigen Gartenzwerges anlangt, fürchte ich mich nicht. Schon vor unserer Auseinandersetzung hat er ja alles getan, um mir zu schaden."

„Er könnte dir bei einer Bewerbung um eine Lehrkanzel einen Strich durch die Rechnung machen."

„Erstens würde er das sowieso tun und zweitens bin ich an einer Professur nicht interessiert. Viel zu viel Verwaltungsarbeit und jede Menge langweiliger Sitzungen. Und das alles für einige wenige Schillinge mehr im Monat."

„Na ja, wie auch immer. Ich dachte, du wirst dich freuen, dass er so angefressen ist. Das musste ich dir brühwarm erzählen ..."

Der Dozent lächelte und fragte Swoboda, ob er nicht Lust auf ein schnelles Bier hätte. Wie zu erwarten war, hatte er.

Sie gingen in die nahe gelegene *Wachauer Weinstube*, wo sie über Stürmer und die Misere an der Uni diskutierten. Als Swoboda sein Krügel ausgetrunken hatte und nach dem Kellner Ausschau hielt, um zu zahlen, wurde es Zeit für die brennende Frage:

„Entschuldige, dass ich nochmals auf das leidige Thema des Probesingens zurückkomme, aber du hast mir erzählt, dass alle Beteiligten irgendwann allein im Hörsaal waren. Kannst du nochmals versuchen, dich zu erinnern, in welcher Reihenfolge die Leute kamen bzw. in den Raum gingen? Es ist sehr wichtig."

„Also, zunächst war ich da und sprach die ganze Zeit mit Habermann, wie ich dir schon erzählt habe. Dann kamen verschiedene Studenten, aber von denen ging niemand in den Saal. Sie standen rauchend in einer Gruppe beisammen. Als Nächste kam Martina Holub und ging kurz in den Hörsaal, der Nächste war dein besonderer Liebling Stürmer, gefolgt von Professor Holub, dann warst du selbst im Hörsaal und schließlich dann noch dieser Mal ..."

„Malcolm."

„Ja, Malcolm und dann Weesmann und als Letzte noch Irene Moser."

Der Dozent war enttäuscht. Wenn Martina Holub vor Stürmer im Raum war, schied sie als Mörderin aus.

„Und du bist hundertprozentig sicher, dass die Holub vor Stürmer im Hörsaal war?"

„Vollkommen sicher, aber warum ist das so wichtig?"

„Weil Stürmer mir, bevor wir uns angeschrien haben, erzählt hat, dass er von dem Wasser getrunken hat. Damit bist einerseits du aus dem Schneider, andererseits aber auch Martina Holub. Sie kann das Gift nicht in die Karaffe gegeben haben, sonst wäre Stürmer das Opfer geworden. Leider hat das nicht stattgefunden und damit schränkt sich der Verdacht auf jene vier Personen ein – wenn ich mich selbst nicht miteinrechne –, die nach Stürmer im Raum waren."

„Danke, dass du mich aus der Liste deiner Verdächtigen gestrichen hast. Neulich Abend klang das nicht so, wie du mit meiner Schwester dahergekommen bist …"

„Entschuldige, das war nicht bös gemeint. Trinken wir noch ein Bier?"

„In Ordnung. Aber ich verstehe nicht, wieso du so enttäuscht dreinschaust. Wolltest du mich oder die Holub hinter Gitter bringen?"

„Dich nicht, aber die Holub war meine Hauptverdächtige. Jetzt muss ich mich von diesem Gedanken verabschieden."

„Vielleicht hast du sie verdächtigt, weil sie eine Frau ist. Die einzige in der ganzen Angelegenheit."

„Außer Irene Moser …"

KAPITEL 34

Der Chefinspektor machte sich früher als nötig auf den Weg nach Hietzing. Die Hausdurchsuchung sollte um 10 Uhr beginnen. Dann würde das Team anrücken und die Villa der Familie Holub auf den Kopf stellen. Lietzmann wollte vorher noch in der Umgebung spazieren gehen und sich diesen Teil Wiens ansehen.

Er war in einer ganz anderen Gegend aufgewachsen. Seine Eltern hatten eine Wohnung in einem der Gemeindebauten aus den 20er-Jahren, dem Metzleinstaler-Hof im 5. Bezirk am Margaretengürtel. Er erinnerte sich mit Wehmut an diese Gemeindebauwohnung, die ein kleines Kabinett besaß, das er allein bewohnte. Viele seiner Schulkollegen waren viel schlechter dran gewesen. Sie hatten mitunter noch gemeinsam mit Geschwistern im Schlafzimmer der Eltern geschlafen und deren Altbauwohnungen hatten oft Wasser und WC am Gang. Erst viel später bei einem seiner Fälle, der in Döbling spielte, war er erstmals in einer herrschaftlichen Villa gewesen. Bei der Villa der Familie Holub angekommen, sah er, dass in der Garage ein Mercedes und ein Porsche Cabrio standen. Lietzmann war sich der sozialen Unterschiede bewusst, doch sein Neid hielt sich in Grenzen. Der Chefinspektor musste an seinen schon in die Jahre gekommenen roten VW-Käfer denken, der mit diesen Luxuskarossen nicht mithalten konnte. Gleichzeitig mit ihm waren auch die vier Kollegen, die die Hausdurchsuchung durchführen würden, eingetroffen. Sie zeigten den Durchsuchungsbeschluss und betraten dann – trotz heftigen Protests der Holubs – das Haus. Da sie genau wussten, was sie suchten, nämlich Reste des Gifts, gingen sie gezielt vor. Lietzmann, der früher immer ein Optimist gewesen war, sich aber durch den Tod seiner Frau verändert hatte, war skeptisch. Martina Holub schien ihm eine kluge Frau zu sein und deshalb war es unwahrscheinlich, dass sie Reste des Gifts aufbewahrte. Am Nachmittag stand dann fest, dass man kein Gift gefunden hatte. In einem abendlichen Telefonat teilte Lietzmann dem Dozenten Folgendes mit:

„Was wir fanden, war etwas Cannabis, das in einer holländischen Zigarettenschachtel versteckt war. Es waren Zigaretten, die nach Gewürznelken schmecken. Ich weiß nicht, wie die heißen ..."

„Die indonesischen *Kretek*", half ihm der Dozent.

„Ja, genau, also in so einer Schachtel haben wir drei Joints entdeckt. Martina Holub gab vor, sie als Geschenk erhalten zu haben, wollte allerdings nicht sagen, von wem. Sie behauptete steif und fest, nichts vom Haschisch zu wissen."

„Es könnte sein, dass es sich bei den Zigaretten um das Geschenk von Malcolm handelt, von dem mir das polnische Hausmädchen, das bei den Holubs arbeitet, erzählt hat."

Lietzmann war verwundert, als er von diesem Gespräch erfuhr. Eine längere Unterhaltung zwischen den beiden konnte nur in Abwesenheit von Martina Holub stattgefunden haben, also nicht in der Villa. Er sagte aber nichts, da ihn das letztlich nichts anging.

„Ist ja naheliegend", meinte der Dozent „dass jemand, der so weit herumkommt wie Malcolm, etwas, das man bei uns nicht kaufen kann, mitbringt. Ich lasse mir von meinen holländischen Freunden auch immer *Kreteks* besorgen. Von Zeit zu Zeit rauche ich die eine oder andere recht gerne. Ob Malcolm auch ein wenig Haschisch dazugepackt hat oder ob Martina Holub es dort selbst versteckt hat, wird schwer festzustellen sein."

„Für unseren Fall ist es unerheblich. Und in Anbetracht der Tatsache, dass Martina Holub ihr Verhältnis mit Habermann zugeben musste, werden wir über dieses Bagatelldelikt hinwegsehen. Bei ihr hängt jetzt sowieso der Haussegen schief. Das Verhältnis zum Ermordeten bestreitet sie übrigens weiterhin."

Nun ließ der Dozent die Bombe platzen. Er gab Lietzmann jene Information weiter, die er Stürmer verdankte und die eine Täterschaft von Martina Holub ausschloss.

„Und warum hat Stürmer das nicht mir erzählt?", knurrte der Chefinspektor. „Hätten wir das gewusst, hätten wir uns den Aufwand einer Hausdurchsuchung sparen können. Na ja, so ist es halt ..."

KAPITEL 35

Der Dozent duschte, zog sich um und machte sich auf den Weg in ein chinesisches Lokal, um Peter Hassinger zu treffen. Der war guter Laune und hörte interessiert zu, als er vom Rendezvous mit Jadwiga erfuhr. Nach der Schilderung der Weinverkostung in Andau drehte sich die Unterhaltung um die neu gewonnenen Erkenntnisse. Der Dozent erzählte von seinen Gesprächen mit Stürmer und Swoboda. Am Ende seiner Ausführungen brummte er:

„Jetzt stehen wir wieder dort, wo wir am Anfang waren. Andererseits sind wir insofern weiter, als wir wissen, wer es nicht gewesen sein kann."

„Schade. Das hätte so gut gepasst. Frau des scheidenden Professors ermordet ihren Ex-Geliebten, den sie mittlerweile hasst, weil er sie schwanger sitzen gelassen hat. Und macht so den Weg zum Ordinariat für ihren derzeitigen Geliebten frei."

„Was bleibt, sind alle, die nach Martina Holub in den Hörsaal gingen. Zunächst Stürmer, der natürlich mein Wunschkandidat als Mörder wäre. Abgesehen von meiner Abneigung gegen ihn spricht aber nicht viel für diese Theorie. Natürlich könnte er Schimanek umgebracht haben, um dessen Enthüllungen wegen der Geschichte in Ägypten, zu verhindern. Doch das kommt mir als Motiv etwas dünn vor, obwohl ich es nicht ausschließen möchte. Er hat als Einziger zugegeben, dass er mit der Flasche hantiert hat. Der Nächste wäre Holub. Es kann zwar sein, dass er keine Ahnung vom Treiben seiner Martina hatte, wenn er aber vom Verhältnis mit Schimanek wusste, wäre das ein denkbares Mordmotiv. Dann bleiben noch die beiden Mitbewerber Malcolm und Weesmann. Vielleicht war da etwas im Verhältnis zu Schimanek, von dem wir keine Ahnung haben. Über Malcolm wissen wir fast nichts, bei ihm scheint alles im Dunkeln zu liegen."

„Ich habe mir schon überlegt, ob man über ihn nicht doch was herausfinden könnte. Ich habe in Amerika einen Freund, der hat ein unglaubliches Netzwerk und kommt an Daten heran, die nicht öffentlich zugänglich sind."

„Du meinst, du kennst jemanden, der in die Datenbank der CIA Einblick hat und dort feststellen könnte, dass Malcolm in Wirklichkeit 007 ist?"

„Ja, so ähnlich. Ich denke, dass ich es versuchen sollte."

„Vielleicht bringt das eine Überraschung, aber ich weiß nicht, was Malcolm oder Weesmann veranlasst haben könnte, Schimanek zu vergiften. Bei beiden finde ich keinen Ansatzpunkt, außer dass Weesmann in unseren Gesprächen, wenn es um Finnland ging, immer nervös wurde.

„Und was ist mit Irene Moser als Täterin?"

„Das kann natürlich sein. Allerdings erklärt das nicht, warum sie lauthals ‚Mord' geschrien hat. Als Mörderin hätte es in ihrem Interesse sein müssen, dass niemand auf diese Idee kommt."

Hassinger nützte die Gelegenheit, sich nach der weiteren Entwicklung der Beziehung zu Irene Moser zu erkundigen. Doch der Dozent wich aus, da er diesbezüglich mit sich selbst nicht im Reinen war.

KAPITEL 36

Am nächsten Tag entschloss er sich, mit Habermann zu sprechen. Da er ihn fast täglich sah, war das kein Problem. Warum er ihn bis jetzt noch nicht ausgefragt hatte, war ihm selbst unerklärlich. Vielleicht war die Nähe zu Habermann die Ursache, dass er das Gespräch immer wieder aufgeschoben hatte. Er machte sich auf den Weg zu den Indologen, klopfte an die Tür des Kollegen, trat ein und die beiden Dozenten schüttelten einander die Hand. Habermann war etwas jünger als er und wirkte sehr sportlich. Seine Kleidung – er trug stets schwarz – war mit Bedacht gewählt. Das unterschied ihn von Schimanek, der immer irgendwie ungepflegt ausgesehen hatte.

„Was kann ich für dich tun?"

„Eigentlich nichts Konkretes. Aber ich möchte mit dir über diese ganze Geschichte der letzten Tage reden. Wie du weißt, bin ich ja – dank Stürmers Hinweis – einer der Hauptverdächtigen. Als ich plötzlich als Mordverdächtiger dastand, habe ich begonnen mich umzuhören, um mir selbst ein Bild machen zu können."

„Ja, das hat sich herumgesprochen. Selbst die Studenten wissen, dass du Detektiv spielst."

„Na ja, Detektiv spielen ist ein wenig übertrieben. Aber was ich dich fragen wollte: Was weißt du über Weesmann und Malcolm?"

Habermann lehnte sich zurück und dachte nach.

„Ich glaube von dem, was dich interessieren könnte, weiß ich wenig. Zwar ist die Welt unseres Faches sehr klein, fast jeder kennt jeden, weil man sich bei internationalen Kongressen trifft. Alles, was ich weiß, ist Fachliches: Forschungsschwerpunkte und Karrieregeschichten. Tratsch über das Privatleben gibt es so gut wie nie. Das wird sich in meinem Fall nun ändern. Meine weiteren beruflichen Chancen sind nicht gerade rosig. Holub droht Martina mit Scheidung. Mich ignoriert er einfach und spricht kein Wort mit mir. Tun kann er mir nicht wirklich was, da ich in einem dauernden Dienstverhältnis bin. Dass ich mit seiner Frau geschlafen habe, ist für viele ziemlich schlimm, aber einen Strick im Sinne eines Dienstvergehens können sie mir daraus nicht drehen."

„Wenn du Glück hast, lobt dich Holub von Wien weg, wie man das in solchen Fällen gerne tut."

„Ich weiß nicht so recht. Ein solcher Skandal macht schnell die Runde, und ob man in Deutschland locker genug ist, jemanden zum Professor zu machen, der mit der Frau seines Chefs ein Verhältnis angefangen hat? Dabei hat eher sie ein Verhältnis mit mir begonnen. Du warst, glaube ich, auf dem gemeinsamen Ausflug der kleinen Institute letzten Oktober nicht dabei?"

„Leider nein. Ich war zu dieser Zeit bei einem Kongress in Cambridge."

„Wir waren bei der Oberösterreichischen Landesausstellung in Garsten und dann ein wenig wandern. Schließlich endete der Ausflug bei einem Heurigen. Schon bei der Hinfahrt hat Holub sich gemeinsam mit Stürmer als Organisator aufgespielt, obwohl die ganze Idee ja vom Mittelbau ausgegangen ist. Er saß ganz vorne und machte sich wichtig. Seine Frau hat sich daher im Bus nach hinten begeben und sich neben mich gesetzt. Irgendwie hatte ich das dumpfe Gefühl, angebraten zu werden. Nach dem Heurigen – Martina hatte ordentlich getrunken – saß sie wieder neben mir und im dunklen Bus hat sie ihre Hand auf meinen Schenkel gelegt. Eigentlich eine klar männliche Verhaltensweise, oder? Als ihre Hand weiter nach oben rutschte, bin ich wirklich nervös geworden. Am Ende der Fahrt hat sie mir einen Zettel in die Hand gedrückt und mir zugeflüstert, ich solle sie morgen zwischen 16 und 18 Uhr anrufen. Die Vorlesungszeit von Holub, wie ich wusste. Meine Entscheidung war schwierig. Wenn ich mir mit Martina ein Verhältnis anfangen würde, war das gefährlich. Genauso wie wenn ich ihr Angebot ablehnen würde. Letztlich habe ich angerufen und sie hat mir den Vorschlag – es war fast schon ein Befehl – gemacht, am übernächsten Tag zu ihr zu kommen, da sei ihr Mann bei einem Kongress in Deutschland. Als ich zur ausgemachten Zeit in die Villa kam, war alles klar. Sie öffnete mir in einem Morgenmantel, eher schon einem Negligé, und hatte darunter nichts an. Also kam alles, wie es kommen musste. Am Anfang war es nur der reine Sex, sie war wild, fordernd, ja fast aggressiv. Erst mit der Zeit entwickelte sich so etwas wie eine Beziehung. Wir sprachen über meine Berufsaussichten und sie sagte, dass sie versuchen würde, mich im Institut zum Nachfolger ihres Mannes zu machen. Irgendwie hat mich das beunruhigt, denn die Frau meines Lebens ist sie nicht. Aber das ist jetzt ohnehin vorbei. Wie es weitergeht, traue ich mich nicht zu prophezeien …"

Der Dozent lenkte das Gespräch auf die anderen Kandidaten, aber es kam nicht viel dabei heraus, das meiste, was Habermann wusste, konnte man auch in den Bewerbungsunterlagen nachlesen. Über das Privatleben des Deutschen und des Engländers wusste er gar nichts. Habermann charakterisierte Weesmann als einen karriereorientierten Menschen, der „kalt wie ein Fisch" und völlig humorlos sei. Weesmann bestätigte damit das Vorurteil, dass viele Österreicher gegen Norddeutsche haben. Über Malcolm konnte Habermann nichts Besonderes zu berichten:

„Grundsätzlich verstehe ich nicht, warum man diesen Malcolm in die Auswahl genommen hat. Er ist international nicht sehr präsent und beschäftigt sich mit Randthemen, wie etwa den magischen Ritualen Indiens und ihren Ausformungen in der asiatischen Kunst. Irgendwie vermittelt er den Eindruck, dass er voll an diese Sachen glaubt und sie auch selbst praktiziert. Malcolm kam irgendwie eigenartig auf die Auswahlliste für das Probesingen. Da in der letzten Sitzung der Berufungskommission nur drei Kandidaten Deutsch als Muttersprache hatten, nannte man alle für den Dreiervorschlag. Wie das Ministerium dann letztendlich entscheiden würde, ist schwer abzuschätzen. Fachliche Fragen hätten dabei wohl keine Rolle gespielt. In erster Linie wäre es ein Intrigenspiel geworden. Holub oder auch Stürmer würden in so einem Fall sicherlich versuchen, ihre Beziehungen zu Ministerialbeamten oder gar zum Minister selbst einzusetzen, um eine Entscheidung zu Gunsten ‚ihres' Kandidaten zu erreichen. Aber das bleibt uns jetzt ja noch eine Weile erspart."

Nach weiterem weitgehend belanglosen Geplauder verabschiedete sich der Dozent und ließ einen betrübten und mit Sorge in die Zukunft blickenden Habermann zurück.

KAPITEL 37

Im Stiegenhaus traf er Weesmann. Er fragte ihn nach dem weiteren Procedere. Ob Weesmann schon erfahren hatte, ob man neu ausschreiben würde oder weitermachen könnte, als wäre nichts geschehen. Weesmann wusste genauso wenig wie er selbst. Dann begann der Dozent von Reisen zu sprechen, um auf den letzten Urlaub von Schimanek überzuleiten.

„Schimanek liebte den Norden. Letztes Jahr war er in Finnland, wo er auch Verwandte hatte. Ich glaube, er sprach sogar fließend Finnisch."

Jetzt war er an dem Punkt des Gesprächs, wo Weesmann nervös geworden war. Diesmal aber schien sein Gegenüber beherrschter und zeigte keinerlei Reaktion.

Während er durch die Gassen des achten Bezirks wanderte, um zu Hause einen Mittagsimbiss zu nehmen, grübelte er unentwegt. Wieso hatte Weesmann die letzten Male in Zusammenhang mit Schimaneks Finnlandreise so seltsam reagiert? Waren sich die beiden dort oben im Norden etwa begegnet? Und wenn ja, was konnte da vorgefallen sein? Wenn er das Konkurrenzverhältnis unter den Mitbewerbern ausblendete, was blieb noch? Es fielen ihm die verschwundenen Skulpturen ein. Was waren die am Kunstmarkt wert? Waren das Originale? Besaß der Ermordete sonst noch etwas Wertvolles? Irgendein besonderes Manuskript vielleicht? Plötzlich fiel ihm das Vortragsmanuskript von Schimanek ein. Wo war das geblieben? Nach Schimaneks Tod hatte sich niemand darum gekümmert. Auch er selbst hatte keinen Gedanken daran verschwendet. Daheim griff er zum Telefonhörer und rief Lietzmann an. Etwas verlegen erklärte er, dass er gerne wüsste, wo das Vortragsmanuskript von Schimanek geblieben war und ob die Polizei es am Tatort sichergestellt hatte. Der Chefinspektor wusste nichts von einem Manuskript, versprach aber, sich zu erkundigen. Kurze Zeit später klingelte das Telefon und Lietzmann teilte ihm mit, dass sich unter den am Tatort sichergestellten Dingen kein Vortragsmanuskript befunden hatte.

„Das ist eigenartig. Aber ich kann mir nicht vorstellen, dass diese Zettel so wichtig gewesen wären."

„Es ist seltsam, dass es nicht da ist", brummte der Dozent, „Ich weiß sicher, dass Schimanek eines hatte. Entschuldigen Sie, dass ich Sie gestört habe, aber ich denke, irgendwo muss eine Spur sein, die wir übersehen haben."

Nach dem Mittagsessen beschloss er, nochmals ins Institut für Indologie zu gehen, um Lorenz Leitner, das Institutsfaktotum, bezüglich des Manuskripts zu befragen. Leider konnte ihm auch Leitner nicht sagen, wo es hingekommen war. Offensichtlich hatte irgendjemand in dem Tohuwabohu nach Schimaneks Tod die Zettel in seinen oder ihren Besitz gebracht. Aber warum?

KAPITEL 38

Als sich der Dozent am Nachmittag in seinem Institutszimmer seiner Arbeit widmete, klopfte es. Sekunden später steckte Irene Moser den Kopf bei der Tür herein.

„Stör ich dich? Ich war vorhin unten in unserer Institutsbibliothek, um für eine Seminararbeit zu recherchieren, und da habe ich mir gedacht, ich schau kurz bei dir vorbei."

„Nein, gar nicht, komm rein."

Noch bevor er von seinem Schreibtischsessel aufstehen konnte, um sie zu begrüßen, saß sie schon auf seinem Schoß.

„Ich habe gehofft, dass du ein bisschen Zeit hast", gurrte sie, während sie ihre Arme um seinen Nacken schlang und ihn küsste. Als sie sich flott ihrer Kleidungsstücke entledigten, wurde ihm bewusst, dass jemand bei der Tür hereinkommen könnte. Er befreite sich aus der Umarmung, sperrte ab und zog dann die nackte Irene auf sich. Was danach folgte, war zwar nicht sehr bequem, aber voller Leidenschaft. Mehrmals musste er die Hand auf Irenes Mund legen, da sonst das gesamte Institut Zeuge ihres Tuns geworden wäre. Einige Minuten später saßen sie schließlich außer Atem da. Irenes Blick fiel auf den Schreibtisch und die in der Hitze des Gefechts durcheinandergebrachten Blätter seines Manuskripts.

„An was schreibst du gerade?"

Während sich beide wieder anzogen, berichtete er ihr in groben Zügen über seine Studien zur Chronik des *Nasuh al-Silahi al-Matraki*. Plötzlich fiel ihm ein, dass er sie nach dem Verbleib des verschwundenen Manuskripts fragen könnte. Nachdenklich antwortete sie:

„Wernfried hat ein riesiges Getue um diesen Vortragstext gemacht. Ich hab ihm angeboten, dass er mir den Vortrag vorliest und ich ihm sage, ob es noch Stellen gibt, die nicht klar sind. Das hat er geradezu beleidigt abgelehnt. Ich war richtig eingeschnappt, dass er so wenig Vertrauen zu mir hat. Wernfried besaß einen Computer, auf dem hat er den Text geschrieben und erst in letzter Minute ausgedruckt. Mich hätte das nervös gemacht. Was wäre gewesen, wenn gerade da der Drucker nicht funktioniert hätte?"

Das kommt davon, wenn man ohne schriftliche Vorlage nicht frei sprechen kann, dachte der Dozent. Er selbst war bekannt dafür, dass er seine Vorlesungen immer ohne Manuskript hielt, was man ihm manchmal ankreidete. Als er sich einmal an einer anderen Universität beworben hatte, war sein Probevortrag ohne Manuskript erfolgt. Diese Tatsache hatte, wie er später von einem Freund erfuhr, den Ausschlag gegeben, ihn nicht in die engere Wahl zu nehmen. Die Begründung: Er meint es nicht ernst mit der Bewerbung, denn er hat sich nicht einmal die Mühe gemacht, ein Manuskript zu schreiben. Auch bei einer seiner Vortragsserien an einer Wiener Volkshochschule hatte sich eine alte Dame beschwert, dass er nicht vorbereitet sei, weil er im Gegensatz zu anderen Vortragenden keine schriftlichen Aufzeichnungen benütze. Daraufhin hatte er beschlossen, in Zukunft immer irgendwelche Zettel mitzunehmen und vor sich hinzulegen. *Mundus vult decipitur.*

Nachdem sich Irene verabschiedet hatte und er auf dem Weg in den Hörsaal war, kam ihm die Idee, die Datei auf dem Computer des Ermordeten zu suchen. Von seinem letzten Besuch in Schimaneks Zimmer wusste er, dass die Polizei ihn nicht beschlagnahmt hatte.

KAPITEL 39

Als der Dozent, von seiner Vorlesung kommend, das Institut für Indologie betrat, war Lorenz Leitner gerade nicht da. So konnte er schnurstracks zum Zimmer Schimaneks marschieren, das er unversperrt vorfand. Hoffentlich war Schimanek nicht einer von jenen Übervorsichtigen, die ihren Computer mit einem Passwort sicherten. Doch der Rechner startete normal und der Dozent rief ein Verzeichnis der Dateien auf. Zeile für Zeile studierte er die Liste, aber keiner der Dateinamen schien ihm das Geringste mit dem Probevortrag zu tun zu haben. Möglicherweise war dieser wichtige Text unter einem anderen Namen abgespeichert? Um alles durchzuschauen, würde er Stunden brauchen. Er überlegte, ob die gesuchte Datei eventuell auf einer Diskette sein könnte. Suchend blickte er sich im Zimmer um, sah aber nirgends Disketten. Auch in den Schränken war nichts zu finden. Zuletzt schaute er noch in den Papierkorb des Computers. Er enthielt keine einzige Datei. Na gut, dachte der Dozent, während er in sein Institut zurückkehrte, es war ja nur eine Idee. Doch es ärgerte ihn der Gedanke, dass es diesen Text weder auf Papier noch in datenlesbarer Form gab. Als Peter Hassinger ihn wenig später im Zimmer aufsuchte, spürte er, wie gereizt der Dozent war.

„Was ist dir denn über die Leber gelaufen? Du siehst ja drein wie sieben Tage Regenwetter."

„Weil mich diese ganze Mordgeschichte nervt. Eigentlich geht es mich ja gar nichts mehr an. Meine ursprüngliche Motivation, den Verdacht gegen mich zu entkräften, ist dahin, aber jetzt hat die Sache eine Eigendynamik."

„Und was konkret ärgert dich?"

„Ich habe die Hoffnung gehabt, dass der Text des Probevortrages irgendeinen Hinweis enthalten könnte. Was mich in dieser Annahme bestärkt, ist die Tatsache, dass der Text verschwunden ist. Das lässt mich zunehmend glauben, dass er wichtig ist."

Hassinger dachte eine Weile nach und fragte dann:

„Du sagst, er hat es vor dem Probesingen ausgedruckt?"

„Ja."

„Ich weiß nicht, welches Textverarbeitungsprogramm er verwendet, aber manche machen eine extra Printdatei, eine kurzfristige. Da übersieht man leicht, dass der Text dort nochmals abgespeichert ist. Wenn es wirklich das Letzte war, was er auf dem Rechner gemacht hat, haben wir eine Chance."

Die beiden sprangen auf und eilten zu den Indologen hinüber. Wieder war kein Mensch zu sehen. Sie gingen in Schimaneks Zimmer und fuhren den Computer hoch. Hassinger, der weitaus versierter als der Dozent im Umgang mit Rechnern war, machte ein paar Eingaben und richtig, da war eine Datei print.tmp mit Datum und Uhrzeit. Einen Augenblick später hatten sie den Text des Probevortrages vor sich:

Sehr geehrter Herr Vorsitzender, sehr verehrter Herr Professor Holub, verehrte Kommissionsmitglieder, meine sehr geehrten Damen und Herren! Wie Professor Holub schon 1951 in seiner bahnbrechenden Untersuchung über das Kalhana ausführte, ist dieser Text der Sanskritliteratur ...

Ja, das war es, der Dozent erinnerte sich an diesen Beginn. Schnell druckten sie die Datei aus, schalteten den Computer ab und verließen Schimaneks Zimmer, bevor sie jemandem Rede und Antwort stehen mussten.

KAPITEL 40

Kaum waren Sie im Zimmer des Dozenten angelangt, begann der Dozent zu lesen. Schon nach kurzer Zeit riss er die Arme hoch und brüllte:

„Also habe ich doch den richtigen Riecher gehabt! Da, hör dir das an: *Die Aufarbeitung dieser Frage, der Quellen unseres Textes, bei der immer wieder die Dissertation von Dieter-Uwe Weesmann zitiert wird, erfolgte allerdings schon einige Jahre früher durch den finnischen Forscher Eero Vahtoranta, mit dessen Doktorarbeit die Studie von Weesmann wörtlich übereinstimmt. Conclusio: Die Dissertation Weesmanns ist nichts anderes als eine Übersetzung des finnischen Werkes und somit ein Plagiat.*"

„Na bumm", entfuhr es Hassinger, während sich der Dozent ausmalte, was passiert wäre, wenn der Vortrag nicht durch den jähen Tod Schimaneks abgebrochen worden wäre. Wie hätte Weesmann reagiert? Wäre er aufgestanden und aus dem Saal geflohen? Hätte er lauthals protestiert? Wenn man davon ausging, dass die Beschuldigung richtig war – eine Lüge hätte umgekehrt Schimanek ein für alle Mal disqualifiziert –, so bedeutete das das Ende der Karriere des Deutschen. Falls ein Plagiat nachgewiesen werden konnte, würde mit großer Wahrscheinlichkeit die Aberkennung des akademischen Grades erfolgen. Weesmann stünde vor dem Abgrund.

„Das ist ein Mordmotiv. Jetzt verstehe ich, warum unser deutscher Freund bei der Erwähnung von Finnland immer so nervös wurde. Weesmann wusste, was auf ihn zukam, und versuchte diese Bedrohung durch eine Prise Gift aus der Welt zu schaffen. Dann beseitigte er alle Formen des Textes, den Ausdruck, die Disketten und die Datei auf der Festplatte. Was er übersehen hat, ist diese print.tmp Datei."

Der Dozent lehnte sich zurück, zündete sich eine Zigarre an und dachte nach. Nach einer Weile räsonierte er:

„Wenn ich die Dinge näher betrachte, kommen mir allerdings Zweifel an dieser Lösung. Warum ging er, wenn er bereit war zu morden, das Risiko ein, seinen Widersacher in letzter Minute und mit einer so unsicheren Methode zu beseitigen? Er konnte sich schließlich nicht darauf verlassen, dass Schimanek rechtzeitig von dem Wasser trinken würde. Was, wenn er erst nach der Enthüllung nach circa zwanzig Minuten getrunken hätte? Irgendwie habe ich Zweifel, ob das wirklich die Lösung ist."

Hassinger warf ein:

„Hängt vermutlich davon ab, wann Weesmann mitbekommen hat, dass es ihm an den Kragen geht."

„Er ist einen Tag vor dem Probesingen in Wien angekommen. Davor kann er kaum von der unmittelbaren Bedrohung gewusst haben. Seiner Aussage nach hat er sich am Abend mit Schimanek getroffen und ein freundschaftliches Gespräch geführt. Hatte Schimanek ihm gesagt, was er vorhatte? Wohl kaum. Die ganze Geheimniskrämerei bezüglich des Probevortragstextes passt da nicht dazu. Was ich mir vorstellen kann, ist, dass Schimanek bewusst oder weil es ihm herausgerutscht ist, etwas über seinen Urlaub in Finnland erzählt hat. Das könnte Weesmann alarmiert haben. Aber wusste er, dass Schimanek Finnisch sprach? Davon hatte ich zum Beispiel keine Ahnung. Ich bin mir nicht einmal sicher, ob Schimanek Deutsch konnte. Seine komplizierten mit Tausenden Fachausdrücken gewürzten wissenschaftlichen Publikationen waren jedenfalls kaum lesbar."

Hassinger, der nachdenklich zugehört hatte, meinte:

„Ich sehe da noch einige weitere Probleme. Wo konnte Weesmann vom späten Nachmittag des einen zum Morgen des anderen Tages Gift besorgen? Noch dazu in einer fremden Stadt? Normalerweise führt man so etwas nicht im

Reisegepäck mit. Und woher wusste er – ich hab das bei einer Vorlesung von Schimanek mitgekriegt –, dass dieser immer wieder Wasser trank und Leitner im Hörsaal immer eine Flasche Wasser und ein Glas hinstellen musste? Weiß man solche Sachen als Ortsfremder?"

„Na ja, wie auch immer ... Ich werde Lietzmann über den Inhalt des Manuskripts informieren. Mir persönlich tut Weesmann irgendwie leid. In der Wissenschaft bekommt er keinen Fuß mehr auf den Boden, selbst wenn seine späteren Arbeiten nach der plagiierten Dissertation eigene Leistungen waren."

KAPITEL 41

Nach einem überraschenden Anruf des Dozenten, bei dem er über die neue Entwicklung erfuhr, setzte Lietzmann den Polizeiapparat in Bewegung und ließ den Deutschen vorläufig festnehmen. Erstaunt darüber, dass der Dozent schon wieder einen Beweis gegen einen Verdächtigen zutage gefördert hatte, lud der Chefinspektor diesen spontan ein, am nächsten Vormittag bei der Befragung dabei zu sein. Nicht zuletzt bat er um seine Anwesenheit, weil er – wie er sich ausdrückte – bei den fachlichen Dingen vielleicht danebenstehen würde und den Rat eines Insiders brauchen könnte. Nach dem Telefonat wunderte sich Lietzmann über die Veränderung seiner Beziehung zum Dozenten, den er zunächst für den Mörder gehalten hatte. Wo war die gegenseitige Abneigung geblieben? Wieso fand er diesen Mann über alle Gegensätze hinweg sympathisch? Nur weil er gerne aß und trank? Wohin war seine Skepsis gegen den Revoluzzer und mehrfach von der Staatspolizei bespitzelten Universitätsangestellten verschwunden? Tags darauf empfing der Chefinspektor den Dozenten in seinem Büro. Er wirkte etwas derangiert, da eine unruhige Nacht hinter ihm lag. Die Tatsache, dass er dem Manuskript der Probevorlesung keine Bedeutung beigemessen hatte, hatte ihm den Schlaf geraubt. Seine Kleidung sah schlampiger aus als sonst, sein Haar war unfrisiert. Schweiß stand auf seiner Stirn, als er den Dozenten durch einen langen Gang mit vielen Türen führte und sagte:

„Sie kennen die Verhörräume mit den verspiegelten Glasscheiben? Ich habe so einen reserviert. Da können Sie unser Gespräch mitverfolgen, ohne selbst gesehen zu werden – das wäre weder für mich noch für Sie gut."

Entschuldigend führte Lietzmann aus, dass er den Computer gar nicht beachtet hatte, denn damit kenne er sich nicht aus. Der Dozent äußerte allerdings Zweifel, ob sein Fund die Lösung des Mordfalles sein würde. Denn es war keineswegs klar, ob Weesmann von der Enthüllung des Plagiats durch Schimanek eine Ahnung gehabt hatte.

KAPITEL 42

Lietzmann begann die Vernehmung ganz allgemein. Er fragte den Deutschen nach seiner beruflichen Laufbahn, seinem Spezialgebiet und auch nach seinen Sprachkenntnissen. Nun wurde es spannend, denn Weesmann zählte zwar einige Sprachen auf – vor allem orientalische, die zu seiner Spezialisierung passten –, aber Finnisch kam nicht vor. Der Chefinspektor überlegte, ob er hier ansetzen sollte, blieb jedoch gelassen und stellte noch einige weitere, unerheblich scheinende Fragen. Dann kam er auf das Verhältnis zu Schimanek zu sprechen, wobei Weesmann sofort einwandte, dass er das doch schon das letzte Mal, bei seiner ersten Befragung, dargelegt hatte. Lietzmann beharrte auf einer erneuten Antwort. Seufzend betonte der Deutsche, dass seine Beziehung zum Ermordeten kollegial war, nicht besonders herzlich, aber gut. Schließlich sei man in so einem exotischen Fach ein kleiner Haufen, in dem jeder jeden kannte. Der Chefinspektor nickte verständnisvoll und suggerierte, alles, was er erzählt bekam, vollkommen kritiklos hinzunehmen. Seine vermeintliche Naivität war nur eine Maske. Die nächste Frage Lietzmanns galt dem Treffen der beiden Konkurrenten am Tag vor dem Mord.

„Ich habe mich mit Schimanek um 18.30 Uhr zum Essen verabredet. Wir waren in der Landesgerichtsstraße im Restaurant *Zum Latenderl*, weil es hier typische österreichische Spezialitäten gibt. Von denen hat er mir viele erst erklären müssen. Schließlich habe ich dann doch lieber ein Wiener Schnitzel gegessen. In erster Linie haben wir gefachgesimpelt und über Kollegen gesprochen. Zum Beispiel, dass man in München die erste Frau in unserem Fach zur Professorin gemacht hat, was wir beide nicht sehr zu schätzen wussten.

Schimanek erzählte eine Geschichte von einer Kollegin eines anderen Faches, irgendeiner Frau Sluscha oder so, die nur deshalb Professorin geworden war, weil man sich einbildete, es müsse eine Frau sein. Sie hat seit zehn Jahren keine Zeile geschrieben. Sonst haben wir über nichts Wichtiges gesprochen."

Der Chefinspektor blieb immer noch defensiv und geduldig. Er fragte, ob man keine persönlichen Themen besprochen habe, so etwas wie Familie, Urlaub oder Ähnliches.

„Nein, dazu waren wir nicht gut genug befreundet, außerdem war Herr Schimanek" – Betonung auf der zweiten Silbe – „ebenso wie ich unverheiratet."

„Von Urlaub war also keine Rede?"

„Ich glaube nicht, zumindest kann ich mich nicht daran erinnern."

Vielleicht höre ich das Gras wachsen, dachte sich Lietzmann, aber die Stimme Weesmanns klang jetzt unsicher und gestresst, so als hätte er etwas zu verbergen. Nun war es an der Zeit, zum Angriff überzugehen.

„Sie haben mit Dozent Schimanek nicht über Finnland und ihre Beziehungen zu diesem Land gesprochen?"

Jetzt wurde die Nervosität und Betroffenheit des Deutschen sichtbar.

„Wieso Finnland? Mein Fachgebiet ist Indien."

„Wir wissen, dass Sie ihre Dissertation aus einer finnischen Arbeit übersetzt haben, und uns ist auch bekannt, dass Dozent Schimanek dahintergekommen ist."

Weesmann brach zusammen. Er bedeckte sein Gesicht mit den Händen und blieb eine Weile stumm. Dann sagte er mit gebrochener Stimme:

„Es ist aus. Meine Karriere ist zu Ende, mein Leben kaputt. Aber ich habe Schimanek nicht ermordet."

Es dauerte ziemlich lange, bis der Verdächtige endlich zu erzählen begann: Ja, Schimanek habe über seinen Urlaub in

Finnland berichtet. Dabei habe er ganz fies gelächelt, sodass die Befürchtungen des deutschen Wissenschaftlers fast unerträglich geworden wären. Das sei auch der Grund gewesen, weswegen er nach dem Tod Schimaneks das Manuskript, das niemand interessierte, einsteckte. Am nächsten Tag löschte er auf Schimaneks Computer die Datei und entfernte die Disketten. Mit dem Mord habe er jedoch nichts zu tun. Schließlich schilderte er die Geschichte, wie es zu dem Plagiat gekommen war. Als Student hatte er eine finnische Freundin gehabt und sich dadurch diese Sprache angeeignet, die überhaupt nichts mit seinem Fachstudium zu tun hatte. Er lernte gerne und schnell Sprachen und in diesem speziellen Falle hätte die Freundin sein Interesse beflügelt. Als er sie dann in Helsinki besuchte, wäre er im Katalog der dortigen Bibliothek auf jene zwanzig Jahre alte Dissertation von Eero Vahtoranta gestoßen, die sich mit einem Thema beschäftigte, das ihn sehr interessierte. Bei seinen Nachforschungen hatte er festgestellt, dass der Autor wenige Wochen nach seiner Promotion bei einem Autounfall ums Leben gekommen war. Weitere Recherchen ergaben, dass sich mit diesem Thema in Finnland niemand wissenschaftlich beschäftigte. Da habe ihn der Teufel geritten. Er übersetzte die Dissertation, reichte sie als seine eigene Doktorarbeit ein und wurde *summa cum laude* promoviert. Das sei eine einmalige Sache gewesen, seither habe er ehrlich und anständig geforscht, doch der Lohn der bösen Tat war, in ständiger Angst vor dem Auffliegen des Betrugs leben zu müssen. Jetzt sei diese Katastrophe zur entsetzlichen Wirklichkeit geworden. Was hätte er aber davon gehabt, Schimanek umzubringen? Dieser hatte die Sache vielleicht schon einigen anderen erzählt, und selbst wenn nicht, irgendjemand sonst hätte auch später hinter sein Geheimnis, seine Achillesferse, kommen können. Er hätte schließlich nicht alle potenziellen Enthüller ermorden können.

Nun sei ohnehin alles vorbei, er würde seinen Job verlieren und sicherlich auch keinen anderen im Fachbereich mehr bekommen. Während seines Geständnisses hatte sich Weesmann beruhigt. Der Chefinspektor bearbeitete den Deutschen noch eine Weile und bombardierte ihn mit Fragen. Woher das Gift stamme, wie und wann er es in die Wasserflasche gegeben hätte, wieso er angenommen habe, dass Schimanek bald trinken würde? Doch der Verdächtige blieb hartnäckig bei seiner Unschuldsbehauptung. Immer wieder betonte er, dass er zwar seine Dissertation abgeschrieben habe, aber kein Mörder sei. Schließlich beendete Lietzmann die Befragung, ließ Weesmann abführen und begab sich zum Dozenten, um mit ihm die Vernehmung zu besprechen.

„Glauben Sie, dass er der Mörder ist, obwohl er so intensiv leugnet?"

„Ich weiß es nicht", antwortete der Dozent schulterzuckend. „Meinem Gefühl nach eher nicht, da er ja selbst gesagt hat, dass dieser Mord ihn nicht für alle Zeiten vor einer Enthüllung des Plagiats – eine Todsünde übrigens, für die er keine Gnade in der Fachwelt finden wird – geschützt hätte. Es ist eine eigenartige Situation: Das Mordmotiv ist glänzend, man könnte sich wenig bessere Beweggründe vorstellen. Er hatte, wie wir wissen, auch die Gelegenheit, das Gift in die Karaffe zu schütten, aber irgendwie macht der Mord keinen Sinn. Woher hätte er sicher sein können, dass Schimanek der Einzige war, der von diesem Plagiat wusste? Also, wenn ich meinem Bauchgefühl vertraue, war er es eher nicht."

„Das kann ich nur voll unterschreiben", seufzte der Chefinspektor. „Schade, fast hätten wir den Fall gelöst gehabt."

Kapitel 43

Die schwarzen Wolken, die am Horizont aufgetaucht waren, wurden wie durch einen starken Sturm aufgerissen. Dass der Chefinspektor diesen Weesmann verhaftet hatte, war eine Nachricht, die sich schnell verbreitete. Vor allem die Überheblichkeit des Deutschen war frustrierend und einige seiner nebenbei gemachten Bemerkungen versprachen nichts Gutes. Viele der österreichischen Professoren sind schon eitel genug und glauben, sie seien das Gelbe vom Ei. Bei den Deutschen ist das noch schlimmer. Ich habe die Deutschen immer gehasst – ganz im Gegensatz zu meinem Vater, der sie für Herrenmenschen hielt und glaubte, dass sie die Welt regieren sollten. Immer wenn ich mit Deutschen zu tun habe, steigt Zorn in mir auf. Sie glauben, besser zu sein als alle anderen. Jedes Mal erfasst mich eine unkontrollierte Wut, der ich schlecht Herr werden kann. Und im Übrigen: Ich mag Menschen generell nicht. Niemand hat mir damals aus meiner Finsternis geholfen, niemand hat mich von den Dämonen befreit. Und Dämonen sind mir viele begegnet. Sie haben mich aus ihren roten Augen angesehen und sich an meiner Furcht geweidet, wenn ich sie um Gnade bat. Noch heute rieche ich ihren sauren Atem und spüre ihre haarigen Klauen, mit denen sie mich im Nacken packten und gegen die Wand warfen. Verwundet blieb ich am kalten Lehmboden liegen, er war voller Dornen. Sie sind in meinen Kopf eingedrungen. Die Dämonen haben auf mir getanzt und dabei gelacht. Als eines Tages endlich der Schrei die Stille durchbrach, war es letztlich zu spät. Keiner meiner Schulkameraden hat mich in seiner Dummheit je gehört, noch weniger hat man mich verstanden. Auch während meines Studiums wurde ich nicht zum strahlenden Mittelpunkt, der ich sein sollte. In meinem Intellekt und meiner Kreativität war ich allen überlegen. Mit meinem Hass blieb ich alleine. Die Dämonen sind nie verschwunden, an manchen Tagen zeigen sie sich überall, in der dunkelsten Ecke und am hellsten Platz bohren sie sich in die Antlitze der Menschen, um mich zu quälen. Doch heute war ein guter Tag, die Verhaftung von Weesmann verschafft mir ein wenig Zeit, um tief und ohne schlimme Träume zu schlafen.

KAPITEL 44

Auf dem Heimweg begegnete der Dozent Professor Holub, der schrecklich aussah. Er schien um Jahre gealtert. Wie für viele seiner Generation war die Frage „Was werden die Leute sagen?“ von zentraler Wichtigkeit. Und die Rolle als gehörnter Ehemann zählte keineswegs zu den Glanzrollen im Theater des Lebens. Doch als der Dozent den mit gebeugtem Kopf auf ihn Zukommenden grüßte und schnell weitergehen wollte, stellte sich heraus, dass dessen Zustand ganz andere Ursachen hatte. Holub blieb stehen und sagte mit erregter Stimme:

„Grüß Gott, Herr Dozent, seit dieser schrecklichen Geschichte mit Schimanek ist im Institut alles wie verhext. Stellen Sie sich vor, von unseren alten Manuskripten sind die zwei wertvollsten verschwunden. Die Handschrift des *Śatasāhasrikā Prajñāpāramitā* und die des *Akṣayamatinirdeśa-nāma-mahāyānasūtra*. Beide stammen aus dem Nachlass meines Vor-Vorgängers, der ein großer Sammler war. Sie sind der Stolz des Instituts. Als ich heute den Stahlschrank öffnete, um etwas anderes zu suchen, habe ich den Verlust bemerkt. Sie sind weg! Eine Katastrophe, es ist eine Katastrophe ...“

„Wer hatte den Schlüssel zum Stahlschrank?“

„Da treffen Sie einen wunden Punkt. Der Schlüssel lag in der Schreibtischlade meiner Sekretärin. Als Institutsvorstand fühle ich mich schuldig, dass ich da nicht vorsichtiger war. Es ist wirklich Zeit, in Pension zu gehen. Aber, bitte, sagen Sie niemanden etwas vom Verschwinden der Handschriften, ich werde versuchen, die Sache intern zu klären. Vielleicht ist alles ganz harmlos und jemand hat die Manuskripte zum Arbeiten mit nach Hause genommen.“

„Wie viel waren diese Originale wert?"

„Schwer zu sagen, das hängt natürlich vom Markt ab, aber ein Kenner würde schon einige 10.000 Schilling pro Manuskript bezahlen. Sagen wir insgesamt so an die 100.000 bis 150.000 Schilling, aber möglicherweise auch eine noch viel höhere Summe."

Ein Haufen Geld, dachte der Dozent, vielleicht war das etwas, das jemand, der den Wert der Handschriften erkannt hatte, in Versuchung führen konnte. Laut sagte er aber:

„Ich hoffe, dass Sie sie wiederfinden und sich die Sache intern und harmlos aufklären lässt. Alles Gute und auf Wiedersehen."

Holub bedankte sich und bat ihn nochmals inständig, niemanden etwas davon zu erzählen. In seiner Wohnung angekommen, rief er Jadwiga an, um sie für den nächsten Abend einzuladen. Sie antwortete:

„Ja, ich habe Zeit. Ich komme sehr gerne und freue mich."

Ich auch, dachte der Dozent und überlegte kurz, ob sie sich wirklich auf dieselben Dinge freuten.

KAPITEL 45

Am nächsten Tag traf er sich mit Peter Hassinger zu Mittag im *Café Rathaus*. Wieder einmal drehte sich das Gespräch der beiden um den Mordfall. Nach einer längeren Diskussion über Weesmann und dessen Situation resümierte der Dozent:

„Irgendwie landen wir immer wieder in Sackgassen. Martina Holub wäre so eine schöne Verdächtige – im doppelten Sinn des Wortes – gewesen, aber sie war es nicht, sonst wäre Stürmer jetzt tot. Bei Stürmer wäre es zwar möglich, dass er lügt und gar nichts getrunken hat, aber sein Schrecken war so offensichtlich, dass er den sicherlich nicht gespielt hat. Und er selbst als Mörder und Giftmischer ist auch nicht sehr wahrscheinlich. Welches Motiv sollte er haben? Diese Geschichte mit dem Basar in Kairo ist nicht wirklich eines. Er war ein Förderer von Schimanek, nicht zuletzt über die CV-Verbindung der beiden. Dasselbe gilt für Professor Holub, wenn er nicht aus Eifersucht gemordet hat. So bleibt nur noch Malcolm, der ja ein wenig undurchsichtig ist, bei dem ich aber kein unmittelbares Motiv sehe."

„Und natürlich Irene Moser", wandte Hassinger ein. „Gelegenheit hatte sie und nach ihrem hysterischen Geschrei hat sie jeder als Verdächtige ausgeschlossen."

„Ich kann mir nicht vorstellen, dass sie sich so etwas ausgedacht hat. Außerdem: Welches Motiv sollte sie haben?"

Dennoch hatte Hassinger Zweifel geweckt. Vielleicht war Irene doch gewiefter, als er dachte? Ihm fiel ein, wie schnell und unkompliziert sie wenige Stunden nach dem Tod ihres Geliebten mit ihm ins Bett gestiegen war. War es Berechnung gewesen, weil sie wusste, dass er sich mit dem Mord beschäftigte? War es doch keine so gute Idee gewesen, mit einer Verdächtigen intime Beziehungen zu beginnen? Blockte sein Verstand die Möglichkeit ab, dass Irene die Mörderin war, weil er sich in sie ein bisschen verliebt hatte?

KAPITEL 46

Der Dozent holte Jadwiga am Abend von der Straßenbahnhaltestelle ab. Sie umarmte ihn stürmisch. Bei ihm zu Hause roch es nach all den köstlichen Dingen, die er am späten Nachmittag gekocht hatte.

„Mit dem Essen wird es noch ein wenig dauern, aber wir können davor ja etwas trinken."

„Denkst du immer nur ans Essen?", lachte sie und klopfte zärtlich auf seinen stattlichen Bauch. Als der Dozent sie zu küssen begann, reagierte sie zurückhaltend:

„Vielleicht sollten wir zuerst essen."

Sie schob ihn sanft von sich. Gemeinsam begaben sie sich in die Küche, wo er das Abendessen finalisierte. Jadwiga nahm ein Glas Wein, setzte sich auf das breite Fensterbrett und sah ihm lächelnd zu. Normalerweise mochte er es überhaupt nicht, wenn ihm eine seiner weiblichen Bekanntschaften beim Kochen Gesellschaft leistete. Doch bei Jadwiga, die vergnügt mit ihm plauderte, war das anders. Schließlich half sie auch noch beim Portionieren und Servieren der Speisen. Während des Essens führten sie ein angeregtes Gespräch, das von Scherzen, Neckereien und Lachen begleitet wurde. Nachdem sie fertig gegessen hatten, bestand Jadwiga darauf, nicht alles stehen zu lassen, sondern half ihm beim Wegräumen und Abwaschen des Geschirrs. Auch das war eine Premiere für ihn, die er – wie er erstaunt bemerkte – durchaus schätzte. Als sie ihm dann einen der letzten abgewaschenen Teller reichte, damit er ihn zurück in den Wohnzimmerschrank stellen konnte, zog sie ihn plötzlich an sich. Sie küsste ihn leidenschaftlich und beide wechselten ins benachbarte Schlafzimmer. Er bemerkte mit Erstaunen, dass Jadwiga keineswegs das kleine, schüchterne Mädchen aus einem katholischen Land in Osteuropa war, sondern eine reife Frau, die genau wusste, was sie wollte. Im Bett agierte sie komplett anders als Irene. Weniger wild, fordernd und hemmungslos, dafür aber gefühlvoller. Später schlief er eng an Jadwiga geschmiegt ein. Voll wohliger Müdigkeit und voll Freude an dieser neuen Beziehung.

KAPITEL 47

Am nächsten Morgen beschloss er, erst am Nachmittag auf die Uni zu gehen. Nach dem Frühstück mit einer gut gelaunten Jadwiga, die zu den Holubs aufbrechen musste, spazierte er gemächlich durch die Innere Stadt. Er schaute in Buchläden und Antiquitätengeschäfte und trank in zwei unterschiedlichen Kaffeehäusern je einen kleinen Braunen. Am späteren Vormittag landete er schließlich im Dorotheum, wo es eine Ausstellung der Objekte der nächsten Versteigerung gab. Mit einem eher oberflächlicheren Interesse ging er durch die Säle, die Asiatika aus den verschiedenen Teilen des riesigen Kontinentes zeigten. In einigen Vitrinen befanden sich Buddhafiguren, woraufhin er sich an die kleine Statue in Schimaneks Zimmer zu erinnern versuchte. Bei keinem der ausgestellten Objekte ließ sich eine Übereinstimmung mit Schimaneks Figur erkennen. Allerdings gab es einige ähnliche. Sie waren jedoch nicht so wertvoll, dass sich ein Mord zu lohnen schien. Ihr Rufpreis lag bei 5.000 bis 10.000 Schilling. Selbst wenn sie auf das Doppelte oder Dreifache stiegen, machte das noch immer kein Vermögen aus. Als er sich dem Ausgang näherte, kam er in einen Raum, wo sich Kataloge englischer und deutscher Auktionshäuser in einer Wühlkiste stapelten. Nach kurzem Zögern nahm er einige Exemplare, die sich mit Asiatika beschäftigten aus dem Korb und setzte sich in einen der Fauteuils, um darin zu blättern. Schließlich fiel sein Blick auf das Bild eines kleinen Tigers, das ihn an die detailreich geschnitzte Elfenbeinfigur auf Schimaneks Schreibtisch erinnerte. Interessiert las er die Geschichte, die zu diesem Objekt, einer Netsuke, erzählt wurde. Ein Mann hatte im Nachlass einer weitschichtigen Verwandten die kleine

Figur in einer Schuhschachtel gefunden. Nachdem er sie zu einem Auktionshaus gebracht hatte, wurde das Stück bei der nächsten Versteigerung um einen Rufpreis von 1.000 DM angeboten. Gekauft wurde der Elfenbeintiger schließlich um eine Million DM, weil er laut Signatur von einem gewissen Tomotada stammte, dem Superstar unter den japanischen Elfenbein-Schnitzern. Das wäre nun sehr wohl ein Grund, dieses Objekt an sich zu bringen. Aber wozu musste man dafür ermorden? Das Ding stand ja in Schimaneks Büro immer offen herum. Es hätte genügt, die Schnitzerei in die Hosentasche zu stecken, und fertig. Wieder hatte sich die Hoffnung, das Mordmotiv gefunden zu haben, in Luft aufgelöst.

Beim Verlassen der Ausstellung sah er am Ende des Foyers Malcolm stehen. Er war erstaunt, wie oft er diesem Mann in Wien begegnete und ihn im Gespräch mit anderen Menschen beobachtete. Diesmal unterhielt er sich mit jemandem, den der Dozent kannte. Es war ein Wiener Antiquitätenhändler, der sich auf Asiatika spezialisiert hatte und dessen Ruf nicht gerade der beste war. Insider munkelten, er schlafe mit einem Koffer voll Bargeld unterm Bett, um jederzeit flüchten zu können. Der Dozent hatte den Händler kennengelernt, als der ihn wegen einer osmanischen Inschrift auf einer türkischen Keramik kontaktiert hatte. Seine Übersetzung hatte zu einer genauen Datierung des Stückes beigetragen und vermutlich den Preis des Objektes gesteigert. Die Unterhaltung war bald beendet. Als Malcolm aus dem Foyer verschwunden war, ging der Dozent auf den Händler zu, begrüßte ihn und kam sofort auf den Punkt:

„Entschuldigen Sie, aber der Mann, mit dem Sie gerade gesprochen haben, kommt mir bekannt vor. Mir fällt aber nicht ein, wie er heißt."

„Das war Dr. Malcolm, ein Experte für asiatische Kunst.

Er beschäftigt sich viel, allerdings nicht hauptberuflich, mit solchen Dingen."

„Na, da muss ich ihn wohl verwechselt haben, der ist mir nicht bekannt. Allerdings bin ich ja auch kein Kunstspezialist."

KAPITEL 48

Auf dem Weg zur Uni versuchte der Dozent eines seiner Gespräche mit Irene zu rekapitulieren. Hatte sie nicht erzählt, dass es jemanden gab, der Schimanek die Kunstgegenstände abkaufen wollte? Im Neuen Institutsgebäude angekommen, schaute er auf einen Sprung bei Habermann vorbei und erkundigte sich, ob dieser an der Tagung über indische Religionen im Palais Ferstel teilgenommen hatte.

„Nein, da war ich gerade in Amerika und habe Gastvorträge gehalten. Warum fragst du?"

„Ich hätte gerne eine Teilnehmerliste dieser Tagung gehabt und dachte, du hast eine."

„Leider. Hab ich nicht. Aber soweit ich weiß, war der Leitner dort. Der hebt jeden Fetzen Papier auf, den er dann auch noch dreimal kopiert. Frag ihn doch." Der Dozent begab sich zu Leitners Zimmer, das immer aussah, als ob kurz zuvor eine Einbrecherbande den Raum durchwühlt hätte. Er begrüßte den Institutsdiener und musste sich auf die Frage, ob es eine Teilnehmerliste gegeben habe, eine lange Geschichte anhören, warum jener bei der Tagung gewesen war. Nur mühsam gelang es ihm, das Gespräch auf die Teilnehmerliste zurücklenken.

„Ja, sicher. Einen Augenblick, gleich hab ich sie."

Leitner griff in einen Haufen Papier und zog eine Mappe heraus, die sich als Kongressunterlage inklusive der gesuchten Teilnehmerliste herausstellte. Der Dozent war verblüfft. Es war nicht zu fassen, dass ein so unordentlicher Mensch es fertigbrachte, auf Anhieb etwas zu finden. Er fragte, ob er sich die Unterlagen ausborgen könne, und ließ einen verdatterten Institutsdiener zurück, der sich wunderte, warum ein Turkologe an der Teilnehmerliste eines indologischen Kongresses interessiert war.

Auf der Liste fanden sich viele Namen, die in diesem Fall eine Rolle spielten. Holub war dabei, aber auch Schimanek sowie Weesmann und schließlich entdeckte der Dozent denjenigen, den er gesucht hatte: Malcolm. Er sah die Themen der Vorträge durch und stellte fest, dass sich einige mit Plastik aus Indien, China und Japan sowie mit dem Kunstmarkt beschäftigt hatten. Ein Thema, über das auch Malcolm einen Vortrag gehalten hatte.

KAPITEL 49

Die Hitze schwirrte in kleinen, flimmernden Teilchen über der Straße. Der Dozent blieb erschöpft stehen, um sich mit dem Ärmel seines Hemdes den Schweiß von der Stirn zu wischen. Vor seinen Augen verschwammen die steinernen Häuser des Basars, der nur mehr ein paar Hundert Meter vor ihm lag. Müde setze er seine Reise fort. Beim Stadttor angekommen, erblickte er ein dunkelhaariges Mädchen, das neben einem kleinen Tiger kauerte. Als es den Dozenten sah, stand es auf, trat auf ihn zu und nahm ihn schweigend bei der Hand.

„Wie weit ist es noch?"

„Es dauert nicht mehr lange, wir sind gleich da", erwiderte das Mädchen mit einer merkwürdig dunklen Stimme und zog dabei ein wenig fester an der Leine des Tigers. Wenig später standen sie vor einem ockerfarbigen, aus Quadersteinen erbauten Gebäude. Seine Begleiterin berührte das hölzerne Tor, das sich daraufhin öffnete und den Blick in einen höhlenartigen Raum freigab. Als sich die Augen des Dozenten an die Dunkelheit gewöhnt hatten, sah er bis an die Decke reichende Regale, die mit kunstvollen Figuren gefüllt waren. Dann erblickte er den Mann, wegen dem er gekommen war.

„Sie haben mich also gefunden", sagte Malcolm und in seinen schwarzen Augen funkelte es gefährlich.

„Nun, das war nicht schwer und ich weiß auch über Ihre üblen Machenschaften Bescheid", antwortete der Dozent mit fester Stimme. Während er sprach, erspähte er an der Stelle, wo Sekunden vorher noch das kleine Mädchen gestanden hatte, eine kräftig gebaute Gestalt mit teigigem Gesicht und ungepflegtem Bart. Der Mann saß an einem Tisch aus Mahagoni, auf dem Sezierbesteck und zahlreiche Pinsel lagen. In der Hand hielt er eine prächtige Buddha-Statue, an der er mit einem kleinen, spitzen Messer ritzte.

„Was wissen denn Sie schon?“, knurrte Malcolm und pfiff durch die Zähne. Daraufhin sprang der Tiger mit einem Satz auf den Tisch, erstarrte mitten in der Bewegung und schimmerte plötzlich in hellem Elfenbein.

„Sie betreiben einen gewaltigen Handel mit Kunstfälschungen. Sie stehlen alte, wertvolle Objekte, wie etwa diese fein geschnitzte Tiger-Netsuke des Kollegen Schimanek, die dann Typen wie dieser Kerl hier imitieren. Bevorzugt lassen Sie Objekte der klassischen Periode Indiens sowie Tomotada-Netsuken aus Japan fälschen. Die Imitate bringen sie mithilfe korrupter Antiquitätenhändler in Paris, London und Wien zu Höchstpreisen auf den Markt. Obendrein schrecken Sie nicht einmal vor einem Mord zurück. Ihr Pech ist, dass ich das herausgefunden habe und es Chefinspektor Lietzmann mitteilen werde.“

Noch während der Dozent den Satz vollendete, war Malcolm immer näher auf ihn zugekommen, und als der Inder die nächsten Worte ausstieß, war dessen Gesicht unmittelbar vor dem seinen.

„Das ist aber schade, dass Sie so neugierig sind und zu viele Fragen gestellt haben. Nun werden Sie dorthin befördert, wo auch der sture Herr Schimanek, der mir diesen wunderschönen Tiger nicht freiwillig geben wollte, gelandet ist.“

Mit einem Aufschrei fuhr der Dozent aus seinem Bett hoch und tastete nach der Nachtischlampe. Noch bevor er sie andrehen konnte, erhellte ein Blitz, dem Sekunden später ein Donner folgte, das Zimmer. In Wien ging ein Frühlingsgewitter nieder.

KAPITEL 50

Als er am Montag die Tür zu seinem Institut öffnete, stand dort jener Mann, den Malcolm vor dem Herrenbekleidungsgeschäft am Graben getroffen hatte und der dem Kunstfälscher in seinem Albtraum zum Verwechseln ähnlich sah. Er war überrascht, dass die seltsam gekleidete Person auf ihn gewartet hatte und ihn mit leicht slawischem Akzent ansprach:

„Mein Name ist Ilja Petrowitsch Jakowlew, ich komme aus Russland, lebe aber seit Jahren in den USA, wo ich Professor an der New York University bin. Ich beschäftige mich mit asiatischer Geschichte und kenne Ihren Namen von einem Ihrer Aufsätze zur Provinz Yanik im späten 16. Jahrhundert."

Der Dozent erinnerte sich dunkel, dass er vor einigen Jahren einen Katalogbeitrag über die ungarische Provinz Györ, die auf Türkisch Yanik hieß, geschrieben hatte. Überfallsartig verwickelte ihn der russische Professor in ein Gespräch über die osmanischen Quellen zur ungarischen Geschichte. Als sich dieses Thema erschöpfte, fragte ihn der Russe nach seiner Familie, woher sie kam, da ja Wien ein Schmelztiegel der Nationen sei. Doch bevor der Dozent darauf antworten konnte, war sein Gegenüber schon bei einem anderen Thema, der Multikulturalität der Wiener Küche. Er erzählte, dass seine Großmutter, die in der Habsburgermonarchie geboren worden war, viele dieser kulinarischen Spezialitäten übernommen hatte, und er habe eine Menge von ihr gelernt.

„Auch ich habe das meiste, das ich übers Kochen weiß, von meiner Großmutter. Von dem, was sie am Herd gezaubert hat, träume ich heute noch."

„Hat sie *gefillte Fisch* gekocht?"

Der Russe glaubte also, dass er Jude sei. Sowohl von seinem Familiennamen als auch von seinem Aussehen her war das kein abwegiger Gedanke. Als er einmal einen schwarzen Hut und Nickelbrillen aufsetzte, hatte man ihn glatt für einen Rabbi gehalten. Aber nach allem, was er wusste, waren seine Vorfahren Gojim.

Nun fragte der Dozent den Russen nach dessen Arbeitsgebiet. Er erfuhr, dass dieser sich mit allen Kulturen zwischen der Türkei und Indien unter Einschluss des islamischen Südens der Sowjetunion beschäftigte und dafür der größte lebende Spezialist war. Er kannte diese oft ans Naive grenzende Selbstüberschätzung der zumeist amerikanischen Wissenschaftler, die es fertigbrachten, sich als Experten für Länder zu fühlen, deren Sprachen sie nicht einmal lesen konnten. Als europäischer Wissenschaftler würde man nie behaupten, man sei ein Spezialist für persische Geschichte, wenn man kein Wort Persisch konnte. Doch viele Amerikaner hatten da keine Hemmungen. Der Dozent merkte an, wie großartig so ein breiter Horizont sei, und kam dabei auf die Indologie zurück, woraufhin Jakowlew sagte:

„Ich habe gehört, dass einer der Kandidaten beim Vortrag gestorben ist. Von den Bewerbern kenne ich nur Malcolm persönlich. Die anderen sind mir in der internationalen Szene noch nie begegnet."

„Uns geht es hier umgekehrt. Wir wissen am wenigsten über Malcolm. Seine Karriere dürfte nicht so geradlinig universitär verlaufen sein wie die der meisten Indologen."

„Nein, sicher nicht. Malcolm, oder Francis, wie ich ihn nenne, ist sicherlich ungewöhnlich in seiner Herkunft, seiner Berufslaufbahn, aber auch in seiner Begabung. Sein Vater war ein britischer Kolonialoffizier, der eine angeblich sehr schöne Inderin aus Thiruvananthapuram, der Hauptstadt der Provinz Kerala an der Malabarküste, geheiratet hatte. Das Ergebnis dieser Beziehung ist Francis, der mehrsprachig aufgewachsen ist. Er sprach Englisch mit seinem Vater, Malayalam und Hindi mit seiner Mutter. Außerdem lernte er, da seine Mutter Muslimin war, Arabisch, während ihm sein Vater die Grundzüge von Sanskrit beibringen ließ. Dass Francis dann in Paris aufwuchs, wo er sich Französisch aneignete, war ein weiterer Glücksfall und offensichtlich hat er auch Deutsch gelernt, denn sonst könnte er sich ja nicht in Wien bewerben. Wie dem auch sei, wir Orientalisten sprechen ja alle viele Sprachen, ich denke bei mir sind es ein Dutzend oder mehr."

Im Kopf des Dozenten schwirrte es vor Namen, die der Russe mit einer Geläufigkeit von sich gab, die seine Annahme, dass er kein Wort einer indischen Sprache beherrschte, Lügen strafte. Der Russe schien wirklich etwas loszuhaben.

„Francis hat Indologie studiert und war einer der besten seines Jahrganges. Doch dann hat er nicht die Karriere an der Universität angestrebt, sondern unterschiedliche Dinge ausprobiert, die er nach kurzer Zeit immer wieder aufgegeben hat. Ich frage mich, ob das überhaupt jemand weiß. Er war kurz im diplomatischen Dienst Englands und danach bei einer internationalen Polizeiorganisation. Man könnte meinen, er hätte sich mit Drogenbekämpfung beschäftigt, andere sagen, er wäre Undercover Agent gewesen. Doch niemand hat genaue Kenntnis darüber, denn Francis vermeidet dieses Thema. Heute ist er Konsulent einer internationalen Organisation, die sich mit Kunstraub, Kunsttransfer und Kunstfälschung beschäftigt. Er hat einige Bücher zur indischen Geschichte und Ethnografie geschrieben und hatte Lehraufträge an der Sorbonne sowie in Oxford, also an den beiden Universitäten, an denen er studiert hat."

„Malcolm ist also Spezialist für buddhistische Kunst?"

„Ja und nein", erwiderte der Russe, „Sie müssen wissen, dass der internationale Kunsthandel ja nicht immer legal ist. Einerseits werden Kunstwerke ausgeführt, die eigentlich nicht zum Export freigegeben waren, und andererseits bereiten die vielen ausgezeichneten Fälschungen den Händlern in Europa und Amerika große Probleme. Das sind Fragen, mit denen sich Francis herumschlägt. Doch darüber spricht er wenig."

Der Russe blickte nach seinem letzten Satz auf die Uhr, erklärte, dass er noch einen Termin habe, verabschiedete sich mit einer kurzen Verbeugung und ließ einen etwas verwunderten Dozenten zurück. Was hatte der russische Professor wirklich gewollt? Hing dieser plötzliche Auftritt mit dem Mord zusammen oder war er auf diesen Vorfall so fixiert, dass er überall Gras wachsen hörte? Sein Verdacht gegenüber Malcolm hatte sich als unbegründet erwiesen. Er war kein unseriöser Kunsthändler, sondern einer, der diese verfolgte. Als er später mit Peter Hassinger telefonierte und ihm die Neuigkeiten schilderte, berichtete der, dass sein amerikanischer Freund sich umgesehen habe und nichts entdeckt hatte.

„Also können wir auch den geheimnisvollen Malcolm von unserer Liste streichen. Wir sind langsam am Ende unserer Weisheit."

„Ganz etwas anderes", antwortete der Dozent, „am Mittwoch ist das Begräbnis von Schimanek und ich weiß nicht recht, ob ich hingehen soll oder nicht. Unter normalen Umständen, wenn er zum Beispiel bei einem Autounfall gestorben wäre, hätte ich nicht daran gedacht, dort anwesend zu sein. Aber unter diesen Umständen ..."

KAPITEL 51

„Ich bin der Märchenprinz, Ma Ma Ma Märchenprinz, Ma Ma Ma Ma Ma ich bin der Märchenprinz ..." erklang aus dem Radio, als er das Essen für Irene Mosers Besuch zubereitete. Er plante kein Abendessen im klassischen Sinn, sondern einige mediterran-levantinische Häppchen. Es gab Huhn auf tscherkessische Art, das die Türken *Çerkez tavuğu* nennen. Ein Gericht, bei dem kaltes, gekochtes Geflügel in feine Streifen zerteilt und in einer Marinade aus Walnüssen, Brot und entsprechenden Gewürzen serviert wird. Zusätzlich bereitete er Börek mit Käse und Spinat, eine Tortilla mit Erdäpfeln sowie Fleischbällchen mit Tomatensauce, von den Spaniern *Albondiguitas con salsa de tomate* genannt, vor. Während er in der Küche werkte, plagte ihn das schlechte Gewissen, da er Jadwiga in den letzten Tagen vernachlässigt hatte. Er unterbrach seine kulinarischen Vorbereitungen, rief sie an und entschuldigte sich bei ihr mit dem Vorwand, derzeit viel Arbeit zu haben. Nach dem Telefonat dachte er über sein Sexualleben nach und gelangte wieder einmal zu dem Ergebnis, dass alle seine Beziehungen ohne den geringsten Gedanken an Dauer, ganz zu schweigen von „an Bindung auf ewig", angelegt waren. Andererseits hatte er eine tiefe Sehnsucht nach einer harmonischen Partnerschaft. Ehe war für ihn nur eine gesellschaftliche Floskel und in ihrer kirchlichen Ausprägung eine abzulehnende Zauberei, gleich welcher Konfession der Priester, Pope, Rabbi oder Schamane angehörte. Über diese Gefühle, die man im 68er-Jargon *ansozialisiert* nannte, konnten auch seine sexuelle Freizügigkeit und Offenheit nicht hinwegtäuschen. Er war hin und her gerissen zwischen bürgerlichen Vorstellungen und den revolutionären Idealen, ihren theoretischen

Perspektiven und Illusionen. Mitten in diesen Gedanken läutete es und Irene war da. Sie küsste ihn zärtlich, aber irgendetwas fehlte. War sie nicht mehr so wild wie die letzten Male oder hing es mit seiner Einstellung ihr gegenüber zusammen? Hatte er Angst, sich in sie zu verlieben, eben jene Bindung einzugehen, die in seiner bürgerlichen Seele als Sehnsucht schlummerte? Oder waren es Zweifel an ihr, weil sie die letzte Verdächtige im Spiel war? Sie stürzten diesmal nicht gleich ins Schlafzimmer, sondern aßen zunächst in aller Ruhe. Erst danach landeten sie im Bett. Sein Eindruck, dass diesmal etwas anders war, verstärkte sich. Es verlief nicht wild, gierig und fordernd, sondern zärtlich und langsam. Als er Irene fragte, wieso sie sich an diesem Abend so verhalte, meinte sie, sie sei ohnehin wie immer gewesen.

„Aber vielleicht ist es die Tatsache, dass Wernfried morgen begraben wird – und ich kann nicht hingegen."

„Wieso nicht?"

„Meine Mutter hat morgen eine sehr unangenehme Untersuchung, vor der sie große Angst hat, und ich muss ihr beistehen. Das ist auch der Grund, warum ich jetzt nach Hause gehe, ich nehme morgen einen sehr frühen Zug nach Linz. Außerdem wäre ich bei der Trauerfeier ohnehin nur am Rande gestanden. Schließlich war ich nur seine heimliche Geliebte. Nicht seine Verlobte oder so. Sowohl seine Familie als auch die Kollegen hätten mich ignoriert. Du wirst doch auch nicht zum Begräbnis gehen, oder?"

„Ich bin noch unschlüssig."

„Aber du bist doch gar kein Freund von ihm gewesen. Das kannst du dir ersparen, so angenehm sind Begräbnisse nicht."

„Na ja, ich werde sehen ..."

Wenig später ging sie, und als er sie zum Abschied küsste, konnte er den Blick, der in ihren Augen lag, nicht deuten. Während er das Geschirr wegräumte, dachte er über ihr eigenartiges Benehmen nach. Ging ihr der Tod Schimaneks wirklich nahe? Oder war Hassingers Verdacht begründet, dass sie etwas zu verbergen hatte?

KAPITEL 52

Mit der Straßenbahnlinie 71 machte sich der Dozent auf den Weg zum Zentralfriedhof. Er trug eine schwarze Hose, ein schwarzes Hemd und ein dunkles Sakko – ein schwarzes besaß er nicht. Als er die Aufbahrungshalle betrat, sah er fast alle Angehörigen des Instituts für Indologie, ein paar Kommissionsmitglieder sowie einige Kolleginnen und Kollegen aus benachbarten Instituten. Auffallend war, dass Professor Holub und seine Frau einträchtig nebeneinandersaßen. Beim Sarg standen Chargierte der CV-Verbindung Schimaneks. Aus dem Augenwinkel bemerkte er, dass auch Professor Stürmer eine Mütze in der gleichen Farbe trug. Das Begräbnis dauerte sehr lange, da eine Reihe von Reden gehalten wurde. Vor allem für den Vater des Verstorbenen, der tief gezeichnet neben einigen jüngeren Angehörigen stand, schien das eine Qual zu sein. Nachdem sich der schlichte Holzsarg ins Grab gesenkt hatte, drückte der Dozent den Hinterbliebenen sein Beileid aus und wurde aufgefordert, doch mit zum Leichenschmaus zu gehen. Einerseits wollte er nur weg, andererseits dachte er, dass er vielleicht etwas erfahren würde, das zur Lösung des Mordes beitragen konnte. Am Friedhofseingang wartend, beobachtete er eine sich bildende Gruppe CVer, die offensichtlich eigene Pläne hegten. Vermutlich möglichst viel Bier saufen. Nur drei, vier Kollegen und er gingen mit den trauernden Angehörigen in ein nah gelegenes Gasthaus, das sich, wie rund um Friedhöfe üblich, auf solche Zusammenkünfte spezialisiert hatte. An dem vorreservierten, für die wenigen Leute viel zu großen Tisch fand der Dozent Platz neben dem Vater des Toten. Dieser fragte ihn, wer er sei und wie er mit Wernfried in Verbindung gestanden hatte. Der Dozent erzählte nur Positives über den Verstorbenen und begann dann den Alten auszufragen. Schimaneks Vater erzählte von der Jugend seines Sohnes, dessen frühem Interesse für Indien, wozu auch die anderen Verwandten Erinnerungen beitrugen. Ein im Sinne des Dozenten ergiebiges Gespräch war das nicht. Der Wendepunkt kam, als der Vater, der einige Schnäpse getrunken hatte und immer lockerer in seiner Ausdrucksweise wurde, ankündigte, er werde jetzt draußen im Garten eine Zigarre rauchen. Da er Lust auf eine Havanna hatte, schloss sich der Dozent dem alten Mann an. Die beiden nahmen in einer Ecke des leeren Gastgartens, der wegen der kühlen Temperatur nicht besetzt war, Platz. Während der Dozent einige Trivialitäten von sich gab, wie etwa, dass man Wernfried im Institut sicherlich in guter Erinnerung behalten würde, weinte der Vater leise vor sich hin. Dann sagte er mit gedämpfter Stimme:

„Ich bin schuld an seinem Tod, er hat sicherlich Selbstmord begangen."

Der Dozent horchte auf, von allen Möglichkeiten war diese weder dem Chefinspektor noch ihm eingefallen. Ein theatralisch inszenierter Suizid, genau im entscheidenden Moment seines Lebens, mitten in der Möglichkeit, seine Karriere mit einer Professur abzuschließen. Grundsätzlich würde er Schimanek so eine pathetische Geste zutrauen, aber was sollte der Grund dafür sein?

„Wieso glauben Sie, dass Wernfried sich umgebracht hat? Und warum geben Sie sich die Schuld?"

„Ich kenne Sie zwar nicht, aber irgendwie habe ich Vertrauen zu Ihnen und ich muss es einfach loswerden. Drei Tage vor seinem Tod habe ich Wernfried gesehen. Er war gut aufgelegt und sprach davon, dass seine Chancen ausgezeichnet wären, Professor zu werden. Dann begann er eine andere Geschichte zu erzählen, nämlich, dass er ein wunderbares Mädchen gefunden hatte, das er sehr liebte und das er heiraten wollte. Ja, und dann habe ich sein Leben zerstört."

„Womit, glauben Sie das Leben Ihres Sohnes zerstört zu haben?"

„Ich weiß nicht, ob ich Ihnen das erzählen kann, es ist so peinlich. Eigentlich ist es aber jetzt egal. Mein Sohn ist tot und die Schuld daran nimmt niemand von mir. Ich komme gelegentlich nach Wien und bei diesen Gelegenheiten gönne ich mir etwas Schönes. Ich bin schon seit vielen Jahren Witwer und in dem kleinen Dorf, wo ich lebe, finde ich nicht so leicht eine Frau. Also, jedes Mal, wenn ich in Wien bin, bestelle ich mir eine junge Dame – man nennt das wohl ein Callgirl – ins Hotel. Die Nummer der Agentur hat mir vor längerer Zeit ein Hotelportier gegeben. Das ist die beschämende Vorgeschichte, damit Sie verstehen, was ich angerichtet habe. Wernfried hat also von seiner Freundin Irene gesprochen. Als ich positiv reagierte, zeigte er mir ihr Bild. Es war Claudia, mit der ich zwei Tage zuvor im Bett war. Für 500 Schilling. Die Zukünftige meines Sohnes war eine Nutte, die es mit wildfremden Männern trieb. Ich habe es nicht geschafft, den Mund zu halten und nichts zu sagen. Ich konnte ihn doch nicht in sein Verderben rennen lassen. Glauben Sie mir, es ist mir nicht leichtgefallen. Aber es war notwendig, ja, notwendig, notwendig ..."

„Und wie hat ihr Sohn reagiert?"

„Ich hatte den Eindruck, dass für ihn eine Welt zusammenbrach. Seine Liebe schlug in Zorn und Hass um und er sprach davon, dass Irene ihr Verhalten büßen würde. Er beschimpfte sie, nannte sie eine dreckige Hure, eine versaute Schlampe – er hatte einen erstaunlichen Wortschatz – und sagte, er würde das ihrer Mutter und allen im Institut erzählen. Ich versuchte ihn zu bremsen und machte ihn darauf aufmerksam, dass er ja mich, seinen Vater, bloßstellen würde. Er meinte, er könne das auch von einem anderen Mann oder einem Kollegen erfahren haben. Ich würde in der ganzen Geschichte nicht vorkommen. Wernfried war zutiefst getroffen und verletzt. So sehr, dass er seinem Leben ein Ende setzte. Mit dieser Schuld muss ich nun leben."

Ein tiefer Seufzer beschloss das Geständnis und der Dozent hatte den Eindruck, dass sich der unglückliche Mann nun etwas erleichtert fühlte.

„Ich glaube aber nicht an einen Selbstmord ihres Sohnes. Er war knapp davor, das Ziel seiner beruflichen Laufbahn zu erreichen. Warum sollte er sich wegen einer solchen Frau umbringen? Nach wie vor bin ich fest der Meinung, dass er ermordet wurde. Vielleicht sogar von Irene bzw. Claudia. Bisher haben wir ja alle geglaubt, dass sie die Arme ist, diejenige, die Ihren Partner verloren hat. Aber im Lichte dessen, was Sie erzählen, sieht das anders aus."

Auch im Lichte dessen, was ich selbst erlebt habe, dachte er. Der flotte Partnerwechsel kurze Zeit nach Schimaneks Tod zeugte davon, dass sie für ihn nicht die große Liebe – was immer man darunter verstehen mag – empfunden hatte. Als sie ihre Zigarren fertig geraucht hatten, beschwor ihn der alte Mann, niemandem davon zu erzählen. Behutsam antwortete der Dozent, dass er in aller Diskretion mit dem Chefinspektor reden müsse. Denn aufgrund dieser Informationen hatte Irene Moser eindeutig ein Mordmotiv.

KAPITEL 53

Von der nächsten Telefonzelle aus rief er Peter Hassinger an. Er platzte mit der Neuigkeit nicht gleich heraus, sondern machte nur Andeutungen und kündigte an, vorbeizukommen. Als er eine knappe Stunde später bei Hassinger eine Schale Kaffee vor sich stehen hatte, begann er zu erzählen. Dabei konnte er sich des Eindruckes nicht erwehren, dass sein Freund andauernd schadenfroh grinste. Niemals hätte der Dozent gedacht, dass sein schneller Erfolg bei der attraktiven Studentin nicht seinem ungewöhnlichen Charme zu verdanken war. Und er merkte, dass ihn die Geschichte emotional sehr berührte. Hassinger, der die ganze Erzählung über geschwiegen hatte, holte eine Cognacflasche und zwei Gläser aus dem Schrank und meinte schließlich:

„Ich habe die Möglichkeit, dass Irene Moser etwas mit dem Mord zu tun hat, nie gänzlich ausgeschlossen. Doch ich gebe zu, ich war von ihr nicht so fasziniert wie du. Mein Gehirn hat immer normal funktioniert."

„Willst du sagen, dass meines nicht funktioniert hat?"

„Formulieren wir es einmal vorsichtig ...", antwortete Hassinger, erneut grinsend, „du warst nicht ganz unvoreingenommen, was ich gut verstehen kann. Aber zurück zum Thema. Ich stelle mir das folgendermaßen vor: Schimanek trifft, nachdem ihm sein Vater die andere Seite der guten Irene aufgezeigt hatte, seine Geliebte. Er macht ihr eine Szene, wirft ihr vor, es für Geld zu treiben. Wahrscheinlich sagte er ihr auch, dass einer ihrer Kunden sein eigener Vater gewesen ist. Für sie ein Grund, heute nicht zum Begräbnis zu gehen. Es war ja mit der Anwesenheit von Schimaneks Vater, den sie für 500 Schilling beglückt hatte, zu rechnen. Wahrscheinlich drohte ihr Schimanek mit einer Blamage an der Uni, eventuell sogar mit der Relegation wegen unsittlichen, nicht standesgemäßen Verhaltens. Schau nicht so, ich denke, so was könnte irgendwo in den verstaubten Regeln der Uni verankert sein. Und er setzte sie unter Druck, alles ihrer Mutter zu erzählen. Auch das hätte Irene keine große Freude gemacht. Daraufhin beschloss sie, ihn umzubringen. Aber wie könnte sie es anstellen, dass der Verdacht nicht auf sie fallen würde? Da kam ihr das Probesingen gerade recht. Wenn Schimanek während des Vortrags stirbt, würden seine Konkurrenten in Verdacht geraten und nicht seine Geliebte. So oder so ähnlich könnten ihre Überlegungen gewesen sein."

„So weit, so gut. Aber das erklärt nicht, warum gerade sie ‚Mord' geschrien hat, es müsste doch in ihrem Interesse gewesen sein, dass die Sache als plötzlicher Tod durch Herzversagen eingestuft und gar keine Untersuchungen eingeleitet worden wären?"

„Stimmt, aber ich denke, dass diese Frau erheblich klüger ist, als wir bisher angenommen haben. Sie ist nicht nur im Bett eine Kanone, wie ich deinen Andeutungen entnahm, sondern auch eine Kanone in der Logik. Sie wirkt naiv und lieb, aber sie hat wie jeder gute Schachspieler mindestens einen Zug vorausgedacht. Gesetzt den Fall, sie hätte kein Gezeter gemacht, wäre die Möglichkeit eins gewesen: Der Plan geht auf, niemand kommt auf die Idee, am natürlichen Tod Schimaneks zu zweifeln. Aber es gibt auch eine Möglichkeit zwei. Bei einem plötzlichen Todesfall wird meist eine Obduktion vorgenommen. Man stellt das Gift fest und damit beginnt eine kriminalistische Untersuchung. Dann hätte sie schlechte Karten gehabt. Denn bei Gift denkt man in erster Linie an Frauen, sie wäre neben Martina Holub die Hauptverdächtige gewesen. Der Schrei hat sie als Verdächtige ausgeschlossen. Irene Moser hat einfach doppelt gemoppelt und wir alle sind darauf hineingefallen."

„Du offensichtlich nicht. Du hast sie ja immer verdächtigt."

„Ja, aber auch bei mir hat dieses Verschleierungsmanöver gewirkt. Was Moser bei ihrem Spiel, zu dem auch die – sagen wir mal – Nähe zu dir gehörte, nicht einkalkuliert hatte, war, dass ich neidisch oder nenn' es meinetwegen eifersüchtig war und Punkte suchte, die gegen sie sprachen. Im Ernst, ich hatte wirklich Angst, dass du dich in sie verliebst und mit ihr eine langfristige Beziehung eingehst."

„So weit weg von der Wahrheit warst du damit gar nicht. In einer bestimmten Weise hat mich diese Frau sehr fasziniert. Mehr als viele andere meiner mehr oder minder flüchtigen Bekanntschaften in den letzten Jahren. Ich hätte nie gedacht, dass sie die Mörderin ist. Deine Geschichte, die ich völlig ähnlich sehe, ist zwar überzeugend und so könnte es gewesen sein, aber vor Gericht hält sie nicht stand."

„Richtig, ich glaube, wir müssen weitere Beweise suchen oder suchen lassen. Das heißt, wir sollten Chefinspektor Lietzmann einschalten, der Hausdurchsuchungen und Verhöre durchführen kann."

„Ja, informieren wir Lietzmann. Ich habe da so eine Idee wie man den Fall lösen könnte ..."

KAPITEL 54

Am folgenden Tag sprach der Dozent mit Lietzmann, brachte ihn auf den neuesten Stand und diskutierte mit ihm über seinen Plan. Der Chefinspektor war mit dem Vorschlag einverstanden und sie vereinbarten, sich am Abend um 20 Uhr an einer bestimmten Adresse im 9. Bezirk, die Lietzmann vorschlug, zu treffen. Die weitere Organisation übernahm der Chefinspektor. Als der Dozent am angegebenen Ort, einer kleinen Altbauwohnung in der Liechtensteinstraße, eintraf, fand er außer Lietzmann noch einen jüngeren und einen älteren Mann vor. Bei dem jüngeren Mann handelte es sich um einen Polizisten und beim älteren um Schimaneks Vater. Die Idee des Dozenten war, Irene Moser in eine Falle zu locken. Sie sollte glauben, dass der junge Polizist ihre sexuellen Dienste in Anspruch nehmen wollte. Dann würde sie mit Schimaneks Vater, dem Dozenten und Lietzmann konfrontiert werden. Der junge Inspektor hatte bei der Nummer, die Schimanek Senior bereitgestellt hatte, angerufen und die Dienste von Claudia bestellt. Pünktlich um 21.00 Uhr läutete es, der Polizist öffnete die Wohnungstür und Irene betrat die Wohnung. Die anderen standen hinter der verschlossenen Tür des Schlafzimmers und hörten dem Gespräch der beiden zu, in dem sich der Inspektor so benahm, wie man es vom Kunden eines Callgirls erwartete. Bald darauf öffnete er die Tür zum Schlafzimmer und Irenes Blick fiel auf die drei Männer. Sekunden später begann sie haltlos zu schluchzen. Lietzmann trat zu ihr und sagte: „Frau Moser, ich verhafte Sie wegen Verdachts des Mordes an Wernfried Schimanek."

Als sie den ersten Schock überwunden hatte, begann sie sich zu rechtfertigen:

„Ich war vor längerer Zeit in finanziellen Schwierigkeiten. Weil ich zwei Prüfungen nicht schaffte, hab ich das Stipendium, mit dem ich mein Leben bis dahin finanzierte, nicht verlängert bekommen. Meine Mutter, die Leukämie hat, konnte mir auch nur wenig Geld geben. Eine andere Studentin, die ich auf einem Fest getroffen hatte, erzählte mir, dass sie nebenbei in einer Escort Agentur arbeite. Sie ginge zu Männern, die sie bestellten, ins Haus oder in ein Hotel und verdiene sehr gut. Die meisten dieser Männer seien nett und gepflegt, weil andere sich den Preis ja gar nicht leisten könnten. Ich war zuerst skeptisch und hab lange mit mir gekämpft. Dann aber hab ich mich überwunden und einen ersten Versuch unternommen. Seit damals machte ich immer wieder Haus- oder Hotelbesuche. So konnte ich mein Studium sowie ein bisschen persönlichen Luxus finanzieren. Wenn ich gewusst hätte, was ich damit anrichte, hätte ich das nie getan. Natürlich hatte ich immer Angst, dass jemand davon erfährt oder dass ich zu einem Mann komme, den ich von der Uni, aus Linz oder von sonst wo kenne. Immer wieder hab ich mir diese peinliche Situation ausgemalt. Aber, dass ich an den Vater meines Freundes gerate, das habe ich nicht vorhersehen können."

Schluchzend unterbrach sie das Geständnis und es brauchte einige Zeit, bis Irene Moser fortfahren konnte.

„Als ich Wernfried einige Tage vor seinem großen Tag getroffen hab, hat er mir auf den Kopf zugesagt, dass ich eine verdammte Hure sei. Dass ich ihn laufend betrogen und dafür auch noch Geld genommen hätte und sogar mit seinem Vater im Bett war. Es gab einen Riesenkrach. Er hat mich angeschrien, hat getobt und mir gedroht, dass er das an der Uni melden werde, damit man mich wegen unmoralischen Benehmens relegiere. Und dann hat er gedroht, es meiner Mutter mitzuteilen. Dabei hat dieses Schwein doch gewusst, dass sie Blutkrebs hat und nicht mehr lange leben wird.

Gleich nach dem Probesingen werde er auch am Institut mit allen aufräumen, vom niedrigsten Personal bis zu den Professoren. Vorläufig hätten ich und die anderen noch einige Tage Schonfrist, denn er müsse sich auf Donnerstag konzentrieren."

„In dieser Zeit haben Sie sich Gift besorgt, um ihren Ex-Liebhaber umzubringen", sagte Lietzmann. „Die Gelegenheit war günstig, denn wenn er beim Probesingen sterben würde, fiele der Verdacht auf seine Konkurrenten. Sie wussten, weil Sie ihn gut kannten, dass er jedes Mal am Anfang seiner Vorlesung nach einigen Sätzen eine Pause einlegte und einen Schluck Wasser trank. Das war eine Marotte, die jedem, der ihn in einer Vorlesung erlebt hatte, bekannt war. Also haben Sie beschlossen, Gift in sein Wasser zu geben. Ihnen war bewusst, dass der plötzliche Tod Schimaneks auch gut als natürlicher Tod durchgehen konnte. Doch für den Fall, dass jemand draufgekommen wäre, dass ihr Freund ermordet worden war, starteten Sie das Ablenkungsmanöver mit dem Mord-Geschrei. Ihre Idee funktionierte. Niemand hatte Sie aufgrund Ihres Aufschreis verdächtigt. Weder ich noch der Dozent, der ja an diesem Fall mitgearbeitet hat."

Der Dozent merkte, dass Lietzmann dabei maliziös lächelte und vermutete, dass er von seinem Verhältnis mit Irene Moser wusste. Sei's drum dachte er, das ist ja nicht strafbar.

„Nein, ich habe Wernfried nicht umgebracht, ich schwöre es. Ja, ich hab ihn betrogen, weil ich als Callgirl gearbeitet habe. Und ich hab ihn gehasst, weil er so gemein zu mir war und diese Sache an die große Glocke hängen wollte. Aber er hat auch andere bedroht."

Im Laufe des weiteren Verhörs beteuerte sie immer wieder, dass sie Schimanek nicht ermordet hatte. Ja, sie habe nicht mal mit dem Gedanken gespielt. Schließlich führten der junge Kriminalbeamte und der Chefinspektor Irene Moser ab. Im Hinausgehen warf sie dem Dozenten einen Blick zu, in dem neben Reue und Verzweiflung auch so etwas wie Zuneigung aufblitzte. Der alte Schimanek verabschiedete sich schnell. Er wusste nun zwar, dass sein Sohn keinen Selbstmord, wie befürchtet, begangen hatte, aber seine psychische Situation war dennoch nicht beneidenswert. Der Dozent fühlte ihm gegenüber ein tiefes Bedauern. Die Frage „Vielleicht hätte ich schweigen sollen?“ würde ihn für den Rest seiner Tage beschäftigen.

KAPITEL 55

Danach war der Dozent in einer eigenartigen Stimmung. Einerseits schien der Fall gelöst, andererseits blieben Zweifel. Denn die Beteuerungen Mosers, den Mord nicht begangen zu haben, schienen ihm glaubwürdig zu sein. Oder wollte er sich nur nicht eingestehen, dass er ein Verhältnis mit einer Mörderin gehabt hatte? Seine Grübeleien fanden ein jähes Ende, als Lietzmann ihn anrief und ihn bat, in sein Büro zu kommen. Als er den Chefinspektor am Nachmittag besuchte, erfuhr er, man habe bei der Durchsuchung von Irene Mosers Wohnung sowie der ihrer Mutter in Linz keinerlei Beweismittel gefunden. Gefunden wurde allerdings ein Tagebuch, das Irenes Liebesleben sowie ihre Tätigkeit als Prostituierte schonungslos offen beschrieb. Ach, du liebe Scheiße, dachte der Dozent, ich hoffe, sie hat nicht jedes unserer sexuellen Spielchen niedergeschrieben. Obwohl die Aufzeichnungen hemmungslos ehrlich waren, gab es darin kein einziges Wort über einen geplanten Mord oder über Gift. Das war zwar kein Beweis für ihre Unschuld, allerdings machte das ihr konsequentes Leugnen glaubwürdiger. Lietzmann blickte in sein Notizbuch und räsonierte:

„Wenn dieser Student mit der Reihenfolge der Menschen, die den Tatort betreten haben, recht hat, scheiden er selbst, Martina Holub und Stürmer aus. Dann bleiben folgende Personen übrig: Professor Holub, für den ich allerdings kein wirkliches Motiv sehe. Sie selbst natürlich, wobei ich denke, dass Sie noch weniger als er einen Grund hatten, Schimanek umzubringen. Dann ist da noch dieser Malcolm, bei dem es auch kein erkennbares Mordmotiv gibt. Und dann gibt es noch Weesmann und Moser, die beide die Mordtat leugnen.

Vielleicht war da noch jemand mit einer Tarnkappe im Hörsaal unterwegs."

Diese Bemerkung brachte den Dozenten auf eine Idee. Vielleicht war da ein Unsichtbarer ...

KAPITEL 56

Lietzmann wurde das Gefühl nicht los, dass ihm im Gespräch mit dem Dozenten etwas Wichtiges eingefallen war, er konnte sich jedoch nicht erinnern, was. Während ihrer Unterhaltung hatte er an den Abend davor denken müssen, als er sich des Eindrucks nicht erwehren konnte, dass es eine Beziehung zwischen dem Dozenten und Irene Moser gab. Er war sich aufgrund ihres Verhaltens ziemlich sicher, dass sie miteinander geschlafen hatten. Andererseits erbarmte ihn der Vater des Ermordeten. Auch er, Lietzmann, hatte ein Kind verloren. Seinen einzigen Sohn, der mit acht Jahren am Schulweg von einem Auto erfasst worden und noch an der Unfallstelle verstorben war. An diesem Schmerz, der nie verging, wäre die Beziehung zwischen ihm und seiner Frau Margit fast zerbrochen. Jeder von ihnen hatte sich in seiner Trauer allzu sehr in sich zurückgezogen. Er hatte sich damals voll in die Arbeit gestürzt und einige Affären begonnen, die ihn innerlich noch leerer zurückließen. Seine sich ständig Vorwürfe machende Frau war nicht zugänglich gewesen, ihre gemeinsamen Gespräche beschränkten sich auf die praktischen Dinge des Alltags. Etwa ein Jahr nach dem schrecklichen Verlust hatten sie sich dann zu einem Urlaub im Ausseerland entschlossen. Am Gipfel des Losers, als sie nach einem langen und anstrengenden Aufstieg in der Sonne saßen und die Landschaft von oben betrachteten, sprachen sie erstmals über ihren Schmerz. Das war der Beginn eines neuen Umgangs miteinander, der in einer gestärkten Beziehung endete. Der Krebstod seiner Frau hatte ihn dann umso härter getroffen. Aus diesem Grund konnte er die Lage von Schimaneks Vater und dessen Einsamkeit als Witwer gut nachvollziehen. Seine Margit fehlte ihm immer noch in allen Bereichen. Während Lietzmann so vor sich hin grübelte, bereitete er sein Abendessen vor. Langsam öffnete er eine schmale Dose mit Sardellenfilets. Dies geschah sehr vorsichtig, um nicht das Stückchen Blech, das wie eine kleine Zunge aussah, abzubrechen. Dann vermischte er die zerdrückten Sardellenfilets mit Butter zu einem Aufstrich, der ihn an seine Kindheit und Jugend erinnerte. Schwarzbrot mit Sardellenbutter hatte es in seiner Familie, die finanziell nicht auf Rosen gebettet war, häufig zum Abendessen gegeben. Er schätzte einfache Kost und die Sardellenbutterbrote – mit einem Glas Grüner Veltliner aus dem Weinviertel dazu – waren für ihn, wohl auch aus Nostalgiegründen, eine kleine Delikatesse.

Nach der *Zeit im Bild 2* fiel ihm beim Abwaschen des Geschirrs wieder seine Unterhaltung mit dem Dozenten ein. Er selbst hatte dabei etwas von „Tarnkappe im Hörsaal" gesagt, was seinen Gesprächspartner offensichtlich auf eine Idee brachte – welche, wusste Lietzmann allerdings nicht. Seit langer Zeit hatte er nicht mehr an sein jugendliches Interesse für das Nibelungenlied, in dem Siegfried vom Zwerg Alberich eine Tarnkappe geschenkt bekam, gedacht. Jetzt als Erwachsener wollte er nicht glauben, dass ein Mensch mit Tarnkappe in einem Hörsaal der Universität Wien während eines Vortrags mordete.

Doch auch als Lietzmann sich dann vor dem Schlafengehen überlegte, welche Sachen des Alltags er in den nächsten Tagen organisieren musste, kamen seine Gedanken immer wieder auf den Unsichtbaren zurück. Irgendwo war da noch etwas, das ihn nicht losließ. Nachdem er endlich Schlaf gefunden hatte, wachte er nach gefühlt kurzer Zeit wieder auf – ein Blick auf die Uhr sagte ihm, dass es halb drei war – und er erinnerte sich an einen intensiven Traum. Er war im Theater, aber nicht zu einer Vorstellung, sondern bei einem Treffen unterschiedlicher, ungewöhnlich aussehender

Menschen. Alle trugen seltsame Kleider, die ihm mittelalterlich erschienen, und ihre Gesichter waren zum Teil hinter pompösen Masken verborgen. Lietzmann erkannte dennoch, wer sich darunter versteckte. Kollegen sowie Verbrecherinnen und Verbrecher, mit denen er zu tun hatte und von denen er jeden einzelnen identifizieren konnte.

Eine Gestalt war allerdings anders. Sie stand in einem langen Gewand aus einem schweren grauen Stoff, mit einer großen, vorne über das Gesicht weit hinausreichenden Kapuze mitten im Raum. Man konnte keinen Blick auf das Antlitz dieser Person erhaschen. Unter der Kapuze schien es hohl, es gab nichts weiter als schwarze Leere. Etwas verwirrt über diese Bilder seines Unterbewusstseins, holte sich der Chefinspektor ein Glas Wasser aus der Küche. Danach grübelte er noch lange vor sich hin. Erst spät schlief er wieder ein, und als er am nächsten Morgen erwachte, war er wie gerädert.

KAPITEL 57

Am frühen Vormittag begegnete der Dozent auf den Stufen des Neuen Institutsgebäudes Holub und Malcolm, die in eine Unterhaltung vertieft waren. Nachdem ihn beide freundlich gegrüßt hatten, sagte Holub:

„Da ich Ihnen ja vor einigen Tagen vom Verschwinden der wertvollen Manuskripte erzählt habe, glaube ich, dass ich Sie auch weiter einweihen kann. Wie sich kurz nach unserem letzten Gespräch herausgestellt hat, ist Kollege Malcolm beruflich mit Kunsthandel vertraut. So habe ich ihn ebenfalls über die Sache informiert und er bot an, sich ein wenig in der Wiener Antiquitäten- und Antiquariatsszene umzuhören. Nach mehreren Recherchen glaubt er nun, die Manuskripte gefunden zu haben. Wir wollten uns gerade auf den Weg zu dem Händler machen, bei dem sie möglicherweise aufgetaucht sind."

„Sie sind doch so detektivisch veranlagt", bemerkte Malcolm schmunzelnd, „wenn Professor Holub es erlaubt, möchte ich Sie fragen, ob Sie mitgehen wollen."

Holub stimmte zu und so marschierten sie unter Malcolms Führung durch die Innenstadt, bis der Inder in einer kleinen Seitengasse nahe der Tuchlauben stehen blieb und am Portal eines Privathauses läutete. Im dritten Stock erwartete sie ein grauhaariger Herr, der sich als Dr. Mellenberg vorstellte. Die geräumige Wohnung, in der er sie empfing, war voll mit alten Büchern in ebenso alten Schränken. Hier musste ein Vermögen gelagert sein, denn schon auf den ersten Blick entdeckte der Dozent einige Drucke aus dem 16. und 17. Jahrhundert. Erstaunlicherweise hatte er von diesem Antiquariat noch nie etwas gehört. Dr. Mellenberg geleitete sie in den Salon und bat sie, dort in der Sitzgarnitur Platz zu nehmen. Malcolm, den der Antiquar „Lieber Francis“ nannte, stellte seine Begleiter vor und leitete dann vorsichtig das Gespräch auf die Manuskripte über. Der Antiquar räumte ein, vor einiger Zeit zwei Sanskrit-Handschriften gekauft zu haben, von denen er nicht so genau wusste, woher sie stammten. Dann stand er auf und ging zu einem Safe, aus dem er die beiden Stücke entnahm. Holub warf einen kurzen Blick darauf und rief auf:

„Das sind die beiden Manuskripte, das *Śatasāhasrikā Prajñāpāramitā* und das *Akṣayamatinirdeśa-nāma-mahāyānasūtra*!“

Damit stand fest, dass Mellenbergs Erwerb der Handschriften dem Tatbestand eines bedenklichen Ankaufs entsprach. Eine peinliche Situation. Malcolm, der als Vermittler auftrat, versuchte zu kalmieren. Er hatte dem Antiquar sichtlich versprochen, dass ihm nichts passieren würde, wenn die Sache aufklärbar war.

„Von wem haben Sie dieses Manuskript gekauft?“, fragte der Dozent ungeniert und erntete einen schrägen Blick vom Inder. Mellenberg zögerte ein wenig, bevor er zu erzählen begann:

„Eines Tages kam ein älterer Herr zu mir und bot mir die beiden Stücke an. Er erzählte, dass er sie von seinem Onkel, der ein Sammler gewesen war, geerbt hatte. Der Mann schien mir kein Laie auf dem Gebiet zu sein, denn er wusste um den Wert der Handschriften. Er verkaufte sie mir aber zu einem relativ günstigen Preis, was meine Neigung, mich bezüglich der Provenienz der Manuskripte zu vergewissern, nicht gerade verstärkte. Auch ein solides Antiquariat wie meines kann nicht allen Fragen in letzter Konsequenz nachgehen, was die Herkunft von Gegenständen, die zum Verkauf angeboten werden, anlangt.“

„Können Sie den Mann beschreiben, der Ihnen die Handschriften verkauft hat?“

„Also, wie ich schon gesagt habe, er war um die 50, klein

und mager und – das war auffallend – er hatte eigenartige Ohren, denn er besaß keine Ohrläppchen."

„Leitner!", rief Holub und der Dozent sah, wie für den alten Mann eine Welt zusammenbrach. Der treue, verlässliche, unverzichtbare Institutsdiener schien der Dieb der Manuskripte zu sein. Der Effekt auf den Dozenten hingegen war ein anderer. Plötzlich fügte sich alles zusammen. Leitner hatte die Manuskripte entwendet und verkauft. Schimanek musste dahintergekommen sein. Und nur Leitner konnte der „Unsichtbare" gewesen sein. Er wäre, wenn er in den Hörsaal gegangen war, von niemand beachtet worden, da er ständig im Institut herumwieselte und irgendwie zum Inventar gehörte. Wenn ihn jemand wahrgenommen hatte, dann wahrscheinlich ein Außenstehender.

„Bevor wir diese Geschichte mit den Manuskripten klären, habe ich noch eine Frage an Sie, Dr. Malcolm. Die Frage bezieht sich nicht auf die Manuskripte, sondern auf den Tag des Mordes. Können Sie sich erinnern, ob und wann Leitner im Hörsaal war?"

„Ist Leitner der Institutsdiener, der ständig über Buddhismus spricht?"

Der Dozent nickte.

„Ich glaube, mich erinnern zu können, dass er knapp vor Beginn des Vortrags nochmals hineinging. Vermutlich um zu schauen, ob alle Sessel im rechten Winkel standen."

Das sicherlich nicht, dachte der Dozent, dem Leitners chaotisches Zimmer in den Sinn kam, aber vielleicht, um Gift in die Karaffe zu schütten.

„Eine Frage noch an Sie, Herr Dr. Mellenberg: Kennen bzw. kannten Sie den Dozenten Schimanek?"

„Aber sicherlich. Er arbeitete ja in der Nationalbibliothek, wir waren miteinander in ständigem Kontakt. Allerdings kann die Nationalbibliothek mit ihren eingeschränkten finanziellen Mitteln nur wenig bei mir kaufen. Private

Sammler bieten meist weitaus höhere Summen. Und von irgendetwas muss ich ja auch leben."

Im Dozenten stieg Zorn hoch. Die Räume und die darin angehäuften Schätze, der Maßanzug des Antiquars und der Diamantring am Finger machten nicht gerade den Eindruck, als würde Mellenberg am Hungertuch nagen.

„Haben Sie mit Dozent Schimanek über diese Handschriften gesprochen?"

„Nicht direkt, allerdings teilte ich ihm mit, welche Manuskripte ich gekauft habe."

„Und haben Sie ihm beschrieben, wie der Verkäufer ausgesehen hat?"

„Ich glaube, das wurde im Gespräch erwähnt."

Damit erhärtete sich der Verdacht, dass Schimanek Leitner auffliegen lassen wollte. Am Weg zurück zur Universität – Professor Holub hatte sich von ihnen verabschiedet – fragte er Malcolm nach den verschwundenen Kunstobjekten auf Schimaneks Tisch.

„Ja, die kenne ich. Beim Kongress in Wien, wo ich ein Referat über orientalische Kunst und ihre Fälschungen hielt, bat mich Schimanek, mir die Figuren anzusehen. Wir gingen während einer Pause hinüber zur Universität. Da Schimanek keine Schlüssel dabeihatte, hat sich der vorhin erwähnte Institutsdiener, der unser Gespräch mitbekommen hatte, bereit erklärt, uns zu begleiten und aufzusperren. Nach eingehender Betrachtung der beiden wirklich schönen Objekte, habe ich Schimanek mitgeteilt, dass es sich um sehr wertvolle Arbeiten handelte. Vor allem die Netsuke mit der Darstellung eines Tigers. Ich halte sie für ein Werk des bekannten japanischen Netsuke-Schnitzers Tomotada. Ich sagte ihm, falls er sie verkaufen wolle, würde er sicherlich einiges dafür bekommen."

„Hat Leitner die Unterhaltung mitbekommen?"

„Ich denke schon, denn er musste das Institut ja wieder absperren."

KAPITEL 58

Immer öfter krampft sich mein Herz zusammen. Die Dämonen peinigen mich mit neuen Qualen, ergreifen wieder meinen Kopf. In mir zittert es, die Finsternis nimmt zu. Der Tod Schimaneks konnte mich nicht befreien. Ein kurzes Glücksgefühl nur. So wie damals, als ich am Ende der Treppe stand und auf Vaters Leiche blickte, auf seinen verdrehten Kopf mit erstarrtem Blick. Sein toter Körper war mein Triumph. Vater ist schuld, dass mich nie jemand erkannte, meine unschätzbaren Talente und meine Genialität nicht sah. Er musste sterben. Nichts anderes hat er verdient. Doch er ist nie aus meinem Leben verschwunden. Des Nachts zeigt er sich in den Spinnen, die über meinen Körper kriechen, seine Stimme verhöhnt mich:

„Nicht einmal das Haus kannst du erhalten, nicht einmal das hast du geschafft." Ich musste diese Handschriften verkaufen! Die Fratzen der Menschen werden mich weiterverfolgen und in den Abgrund reißen. Wie sehr ich sie doch hasse. Alles verdüstert sich. Es ist Zeit, dass ich mich auf das Ende vorbereite. Die Dämonen wollen es so.

KAPITEL 59

Als Lietzmann sich am Telefon meldete, scherzte der Dozent: „Sie werden mich schön langsam für verrückt halten, aber ich bin mir ziemlich sicher, nun den wirklichen Mörder gefunden zu haben."

„Sie glauben nicht mehr an Irene Moser als Täterin?"

Daraufhin erzählte ihm der Dozent die Geschichte der gestohlenen Manuskripte und deren Wiederauffindung.

„Erinnern Sie sich an die Bemerkung von Irene Moser, dass Schimanek mit allen an der Uni aufräumen wollte, vom niedrigsten Personal bis zu den Professoren, von Leitner bis Stürmer? Was Schimanek gegen Stürmer in der Hand hatte, war kein kriminelles Delikt, sondern eine moralische Schweinerei. Was Leitner betrifft, verhält sich der Fall anders."

Er schilderte dem Chefinspektor, wie die Aussagen des Antiquitätenhändlers den Institutsdiener als Verkäufer der Manuskripte eindeutig identifiziert hatten.

„Alles Weitere ist reine Spekulation, für die ich wieder einmal keine Beweise habe. Bei Stürmer hat Schimanek sein Wissen wahrscheinlich benützt, dass der sich für seine Berufung einsetzt. Leitners Diebstahl hätte er angezeigt, denn da ging es um Eigentum des Instituts. Vielleicht hätte er sogar Holub wegen mangelnder Aufsichtspflicht Probleme bereitet. Damit wäre er nicht nur den lästigen und manchmal auch peinlichen Leitner losgeworden, sondern hätte auch seine Position im Institut gestärkt, da er nun der große Saubermann gewesen wäre."

„Na gut ... ich werde Leitner morgen zur Einvernahme ins Präsidium bitten. Ich hoffe, dass wir nun endlich den Täter gefunden haben."

KAPITEL 60

Lietzmann begann das Verhör, wie schon bei Weesmann, sanft und harmlos. Er befragte Leitner freundlich über den Tag des Probesingens und nachdrücklich, wann und wie oft er im Hörsaal gewesen war.

Der Institutsdiener wurde zunehmend nervöser, beharrte aber auf seiner Aussage, dass er alles lange vor der Veranstaltung hergerichtet hatte. Auf die Frage, ob er nicht noch knapp vor dem Beginn des Vortrages im Hörsaal war, antwortete er:

„Nein, ganz sicher nicht."

Lietzmann erkundigte sich nochmals über Leitners Verhältnis zum Ermordeten und bekam darauf das serviert, was Leitner bisher erzählt hatte: ein durch und durch positives Bild von Schimanek. Nun änderte der Chefinspektor den Tonfall:

„Und warum haben Sie ihn dann ermordet? Weil er vom Diebstahl der Manuskripte wusste?"

Leitner lief rot an, geriet außer Atem und stammelte:

„Ich habe ihn nicht umgebracht ... und von welchen Manuskripten sprechen Sie?"

„Von den beiden Sanskrit-Handschriften, die Sie im Institut gestohlen und danach Dr. Mellenberg verkauft haben. Sie brauchen das nicht zu leugnen. Das können wir unwiderlegbar beweisen."

Der Beschuldigte, der nun immer heftiger schnaufte, begann zu zittern. Plötzlich raffte er sich auf und brüllte:

„Ich bin unschuldig, ich habe nichts getan. Ich bin kein Dieb und auch kein Mörder!"

Lietzmann schrie zurück:

„Ihr Leugnen ist zwecklos, wir haben Beweise. Sie haben

Dr. Schimanek umgebracht, weil er den Diebstahl entdeckt hat. Gestehen Sie, dann ist es vorbei."

Leitner sackte in sich zusammen. Sein Ausbruch schien ihm alle verbliebenen Kräfte geraubt zu haben. Doch dann quoll es voller Hass aus ihm heraus:

„Schimanek war ein Schwein, ein bösartiger Mensch, der den Tod tausendfach verdient hat. Ein Dämon, der mich geißelte. Diese elendigliche Drecksau, diese verdammte ..."

Sanft versuchte der Chefinspektor, der sich jetzt wieder einfühlsam zeigte, Leitner auf seine Tat hinzulenken.

„Was wollte Schimanek dafür, dass er Sie nicht verriet?"

„Wieso sollte er etwas wollen? Es machte ihm einfach Spaß, mich zu quälen. An allen Ecken und Enden sah ich seine hässliche Fratze, die mir sagte, dass er nach dem Ende des Berufungsverfahrens alles auffliegen lassen werde. Immer und immer wieder hörte ich seine Stimme in meinem Kopf, sie verfolgte mich, ich wurde sie nicht mehr los. Ich musste etwas tun, musste, ja, musste ..."

Leitner begann neuerlich heftig zu zittern. Plötzlich zog er ein Tütchen aus der Tasche, schüttete dessen Inhalt in den Mund, griff zum Wasserglas und spülte den Inhalt hinunter. Sekunden später kippte er röchelnd vornüber. Lietzmann erwachte aus seiner Schockstarre, stürzte sich auf Leitner und rief nach einem Arzt. Doch es war zu spät. Nachdem der herbeigeeilte Polizeiarzt den Tod Leitners bestätigte hatte und der Leichnam abtransportiert worden war, blieb Lietzmann allein in seinem Büro zurück. Er griff zum Telefon, rief den Dozenten an und informierte ihn über die Vorkommnisse:

„Ich bin der Meinung, dass der Suizid Leitners ein Geständnis war. In den Grundzügen ist der Fall nun wirklich gelöst. Irene Moser und Dieter-Uwe Weesmann sind unschuldig. Was ich aber immer noch nicht verstehe, ist, warum niemand Leitner in den Hörsaal hineingehen gesehen hat."

„Das zu erklären ist schwer und leicht zugleich. Ich denke, dass man Selbstverständliches nicht wahrnimmt. Etwas, das zu einem vertrauten Umfeld dazugehört, wird meist nicht bemerkt. Leitner war in diesem Institut ständig präsent, sodass seine Anwesenheit nicht aufgefallen ist. Malcolm allerdings hat ihn gesehen, weil er für ihn eben nicht zum Inventar gehörte."

„Damit ist die Untersuchung beendet. Danke für Ihre Mithilfe. Allerdings ist das Ende äußerst unerfreulich. Leitners Tod belastet mich. Ich habe Schuldgefühle, dass das vor meinen Augen geschehen konnte."

„Es ist keine schöne Lösung, aber sie erspart der Justiz eine Menge Arbeit. Und für Leitner war es wohl das Beste. Vielleicht wird er wenigstens als Tier wiedergeboren werden und nicht als Gefangener in einer der acht Haupt- und 160 Nebenhöllen des buddhistischen Jenseits."

KAPITEL 61

Jadwiga war traurig. Dabei hätte sie Grund zur Freude gehabt. Da Martina Holub an Nachmittagen ihre Dienste nicht mehr benötigte, hatte sie ihr Arbeit bei einer befreundeten Familie mit zwei kleinen Buben verschafft. Sie sollte die Kinder vom Kindergarten und der Volksschule abholen, für sie kochen und sie beaufsichtigen, bis die Eltern am Abend heimkamen. Der Lohn, den man ihr dafür anbot, war mehr als das Geld, das sie derzeit bei den Holubs verdiente. Sie liebte Kinder und besaß durch ihre frühere Tätigkeit als Lehrerin viel Erfahrung. Doch sie konnte sich nicht wirklich freuen. Nach der wunderbaren Nacht mit Rudi hatte er sich nur einmal telefonisch gemeldet. Sein Anruf war zwar sehr lieb gewesen, doch der wesentliche Teil hatte gefehlt. Warum kam nicht die Frage, wann sie das nächste Mal Zeit und Lust hätte, ihn zu treffen? Er hatte sich darauf ausgeredet, derzeit sehr viel zu tun zu haben. Mit der Uni, aber auch mit dem Mordfall. Irgendwie klang das alles nicht sehr befriedigend. „Wenn man etwas wirklich will, findet man auch die Zeit, es zu tun" hatte ihr Großvater immer gesagt. Jadwiga befürchtete, dasselbe mit Rudi zu erleben wie mit anderen Männern zuvor. Sie waren zunächst eifrig im Kontakthalten, bis zu dem Punkt, an dem sie mit ihnen schlief. Dann war alles aus und vorbei. Sie war sich sicher gewesen, dass Rudi anders war. Ein Mann, der sich für sie interessierte. Alles hatte dafür gesprochen. Rudi hatte aus seinem Leben erzählt und Nähe zugelassen. Er war auf sie eingegangen und hatte ihr zugehört. War das ein Irrtum gewesen? Sein Verhalten Lug und Trug? War sie für ihn nur ein einmaliges sexuelles Abenteuer? Das konnte und wollte sie nicht glauben.

KAPITEL 62

Es gab grünen Spargel mit Paradeiser-Vinaigrette, einen Risotto mit Meeresfrüchten und Scampi, Kaninchen mit Knoblauch und Oliven und schließlich Erdbeeren auf Rhabarberschaum. Mit einem *Buttafuoco frizzante* aus der Lombardei und einem *Carema di Carema* aus dem Aostatal frönte der Dozent auch bei den Weinen seiner Vorliebe für Italien. Nun, da kein Fünkchen eines Verdachtes mehr an ihm hängen geblieben war, hatte er Lietzmann und Hassinger zu einem Abendessen bei sich eingeladen. Der Chefinspektor brachte zwei gut gekühlte Flaschen Grünen Veltliner von seinem Lieblingsweinhauer aus dem Weinviertel mit. Die drei Männer unterhielten sich über alles Mögliche, vor allem aber über die am 8. Juni erfolgte Wahl Kurt Waldheims zum Bundespräsidenten. Das ärgerte alle drei und der Dozent ließ seinem Unmut freien Lauf:

„Waldheim ist nicht nur auf der Watchlist der USA gelandet, auch andere Staaten boykottieren ihn. Er wird vermutlich – außer in islamischen Ländern – keine Staatsbesuche machen können. Dass bei der Amtseinführung unseres Bundespräsidenten die Botschafter der USA, der Sowjetunion und Israels fernblieben, ist eine Schande. Für die Reputation unseres Landes ist das verheerend."

Erst nach dem Essen kamen sie – vom Plattenspieler war leise Tom Waits rauchige Stimme mit *Rain Dogs* zu hören – bei einem Stamperl Barack auf den Fall Schimanek zu sprechen. Der Chefinspektor berichtete über den Status quo der Ermittlungen:

„Wir haben nicht nur den Selbstmord Leitners, der einem Geständnis gleichkommt, sondern auch jede Menge Indizien. Leitner hatte in seinem Haus in Baden ein Labor eingerichtet. Wir fanden Reagenzgläser, einen Bunsenbrenner, eine Fülle von Chemikalien sowie Bücher über Chemie. Offensichtlich war nicht nur der Buddhismus, sondern auch die Chemie eine seiner Leidenschaften. Alle Bestandteile, die für die Herstellung des Giftes notwendig waren, konnten wir sicherstellen. Das Gift, mit dem er Selbstmord begangen hat, ist ident mit der Substanz, mit der Schimanek vergiftet wurde. Den Verkaufserlös der Handschriften hat er für die Abdeckung eines Kredites benötigt, den er für die Renovierung seines Hauses aufgenommen hat. In diesem Zusammenhang darf man nicht vergessen, dass im Bundesdienst die Bezahlung des niedrigen Personals sehr gering ist. Im Übrigen wurden auch die beiden verschwundenen Kunstobjekte bei Leitner entdeckt. Sichtlich wollte er diese ebenfalls verkaufen. Darüber hinaus fanden wir in seinem Haus wirre Aufzeichnungen, aus denen hervorgeht, dass er als Kind von seinem Vater geschlagen und im Keller missbraucht wurde. Bei diesen Unterlagen lag auch ein Artikel einer Lokalzeitung aus dem März 1951 mit dem Bericht vom tödlichen Treppensturz eines Dr. Gustav Leitner, Hausarzt in Baden. Quer über diesen Artikel stand mit rotem Buntschrift geschrieben: „Keiner ist mir daraufgekommen."

„Alles in allem war Leitner eine arme, schwer gestörte Seele. Das ist eine ganz schreckliche Geschichte …", brummte der Dozent, während Tom Waits zu *Cemetry Polka* ansetzte. Er lehnte sich zurück, zog mit nachdenklicher Miene an seiner Toscanello-Zigarre und resümierte:

„Am Ende stehen wir vor einem Trümmerfeld. Schimanek ist tot, der harmlos scheinende Leitner hat sich als Mörder entpuppt und Selbstmord begangen. Irene Moser wird keine wissenschaftliche Karriere machen, wenn sie Pech hat, muss sie weiter als Prostituierte arbeiten. Aber auch allen anderen Beteiligten brachte Schimaneks Ermordung Unglück. Die Ehe von Holub ist in Auflösung begriffen. Er verliert seine junge, attraktive Frau und sie den Mann, der ihr materiellen Wohlstand und Sozialprestige garantierte. Habermann hat vermutlich kaum Chancen, jemals ein Ordinariat zu erlangen. In der kleinen Welt der Indologen weiß ein jeder vom Verhältnis, das er mit der Frau seines Chefs hatte. Schlimmer dran ist Weesmann. Er wird seine jetzige Stelle verlieren und steht vor dem Nichts. Schimaneks Vater muss die Last tragen, dass er das Glück seines Sohnes mit Irene Moser zerstört hat. Einzig Malcolm, den wir alle verdächtig fanden, ist unbeschädigt davongekommen. Ja, und leider auch Professor Stürmer – mein besonderer Liebling. Für mich persönlich bedeutet das Ganze, nochmals an so einer schrecklichen Kommission, die über Holubs Nachfolge entscheidet, teilnehmen zu müssen."

Was er nicht erwähnte, war die Tatsache, dass es für ihn auch positive Aspekte gab. Mit Lietzmann hatte er einen ausgesprochen netten Menschen kennengelernt. Mit Irene Moser hatte er wüsten Sex gehabt. Das Beste aber an der an sich üblen Geschichte war Jadwiga, die er sonst nie kennengelernt hätte. Sie würde er morgen Abend wieder sehen. Mal schauen, was sich daraus entwickelt ...

Drei Fragen an Karl Vocelka

Sie sind ein bekannter Historiker und haben viele Bücher über die Habsburger geschrieben. Warum jetzt ein Krimi?

Ein „anderes" Buch zu schreiben war eine Herausforderung, die ich gesucht habe. Von Jugend an habe ich gerne Krimis gelesen und so lag es nahe, selbst einen zu schreiben. Der Vorteil gegenüber dem Verfassen wissenschaftlicher Bücher ist, dass man der Fantasie Spielraum geben kann. Die Aufklärung eines Mordes hat mit der Forschung an den Quellen der Vergangenheit große Ähnlichkeiten. Es ist kein Zufall, dass im 19. Jahrhundert sowohl die Methoden historischer Forschung als auch die der modernen Polizeiarbeit entwickelt wurden.

Sie waren lange Jahre Professor an der Universität Wien und haben ein Institut geleitet – wieviel von Ihnen steckt in der Hauptfigur?

Fraglos spielen die Erfahrungen des Lebens in einem Text, den man schreibt, eine Rolle. Man besitzt ein Grundwissen um die Strukturen und Vorgänge, oder kennt Menschen, die in unterschiedlicher Form im Buch vorkommen. Sicherlich hat die Hauptperson Ähnlichkeiten mit mir, aber er ist kein eins-zu-eins-Abbild von mir. Verhaltensweisen beim Essen, Trinken und Rauchen haben allerdings einen autobiographischen Zug.

Die Handlung versetzt uns ins Jahr 1986 – warum?

Der erste Entwurf des Krimis entstand in den 1980er Jahren, also lag es nahe, die Atmosphäre dieser Zeit beizubehalten. Gerade das Jahr 1986 war mit der Waldheimaffäre ein politischer Wendepunkt, der mich als Historiker faszinierte und der nun in einer anderen Zugangsweise Teil der Erzählung wurde.